'그' 언덕, 개마고원의 꿈

시작시인선 0403 '그'언덕 , 개마고원의 꿈

1판 1쇄 펴낸날 2021년 12월 24일
지은이 김정란
펴낸이 이재무
책임편집 박은정
편집디자인 민성돈, 장덕진
펴낸곳 (주)천년의시작
등록번호 제301-2012-033호
등록일자 2006년 1월 10일
주소 (03132) 서울시 종로구 삼일대로32길 36 운현신화타워 502호
전화 02-723-8668
팩스 02-723-8630
홈페이지 www.poempoem.com
이메일 poemsijak@hanmail.net

ⓒ김정란, 2021, printed in Seoul, Korea

ISBN 978-89-6021-605-1 04810
     978-89-6021-069-1 04810(세트)

값 10,000원

'그' 언덕, 개마고원의 꿈

김정란

천년의
시 작

시인의 말

언어가 썩고 있다. 우리 사회에서 언어는 진실을 전하지 않은 지 오래되었다. 거짓말을 아무렇지도 않게 하는, 언필칭 언론이라고 불리는 언어의 폭군들은 언어의 칼을 멋대로 휘두른다. 그들이 섬기는 부패한 상전들의 권력과 부를 유지시키기 위해서, 그리하여 계속 그들의 수하로서 안전한 지위를 보장받기 위해서, 그들의 권력 유지에 방해가 되는 자들을 언어라는 무기로 잔인하게 괴롭힌다. 독재자들이 총칼로 했던 행위를 언어를 가지고 하고 있는 것이다.

이런 시대에 시는 무엇일까? 소위 언어(言)의 사원(寺)이라는 詩는 이 타락한 언어의 시대에 무엇을 해야 하는 것일까?

이 시집은 통곡과 절망의 언어로 가득 차 있다. 거짓의 언어가 왕 노릇을 하고, 지식인의 완장을 찬 자들까지 거짓의 왕들의 눈에 들기 위해 아부하는 시대에, 나는 노래를 부를 수 없었다. 오월의 피와 세월호의 물. 그것들은 아직도 현재시제의 비극이다. 모욕은 계속되고 있다. 그래도, 나는 시에 대한 미련한 희망을 버릴 수 없었다.

타락한 언어의 시대에 시는, 그럼에도 불구하고, 여전히, 진실을 구하는

인간적 노력이 이룩해 낸 언어의 높은 언덕이어야 한다고 믿는다. 위로 오르는 기슭, 인간이 진실을 추구하는 언어를 통해 이룩한 높이의 지워 버릴 수 없는 상징. 그러므로 시는 "그 언덕"이 아니라, "'그' 언덕", 아직 이루어지지 않은 가능태로서의 언덕이다. '개마고원'은 현실의 어느 장소가 아니라, 높이 들어 올려진, 우리가 지금은 갈 수 없는, 그러나 언젠가 갈 수 있을지도 모르는 이곳과 저곳의 시적인 상징적 기슭이다.

나의 시는 그 기슭을 향해 간다. 내 생애 안에 '그' 언덕에 이를 수 있을까? 나는 알지 못한다. 다만, 하늘이 이 생 안에서 내게 허락한 한계 안에서 애쓰고 또 애쓸 뿐이다.

차 례

시인의 말

해 설

제4부 '그'언덕

문득

문득 내 눈물에서 라일락 향기가 난다

개마고원[*]

원래 이 고원의 이름은 '고마고원'이다. 그것은 이 땅의 어미인 나, 고마였다가 사람이 된 나 고마부인(웅녀)의 이름을 따서 지어진 이름이다. 처음에는 고마높은평원이라고 불리다가, 한반도에 살고 있는 나의 후손들이 나의 존재를 까마득하게 잊어버리면서 이 이름의 기원도 잊힌 것이다. 이곳이 워낙 높아서 하늘 덮개 같으므로 사람들은 '고'와 발음이 비슷한 '개蓋'를 한자에서 가져오고 거기에 마馬 자를 붙여 부르게 되었다. 넓고 평평한 고원의 등이 하느님이 타시는 말의 등처럼 느껴졌기 때문인지 어떤지 잘 모르겠다. '고마'는 나중에 '엄마'라는 말로 변했다.

신단수 아래에서 환을 만나 깊은 동굴로 들어가 쑥과 마늘만 먹으면서 삼칠일을 버텼다. 함께 동굴에 들어갔던 호랑이는 열흘 만에 몸을 뒤틀면서 동굴을 뛰쳐나갔다. 나는 꾹꾹 참았다. 그 일은 어렵기만 하지는 않았다. 열이틀째까지는 정말 죽을 것 같았다. 그러나 그 고비를 넘기자, 내 안에 있는 어떤 큰 창고의 문이 열렸다. 그 창고는 점점 커졌고, 그곳으로부터 강렬한 에너지가 쏟아져 나왔다. 나는 그 힘 위에 부드럽게 실리는 방법을 익혔다. 내 몸이 점차 변하는 것이 느껴졌다.

사람이 된 내 몸은 매끈하고 아름다웠다. 환은 잠깐 사람으로 변해서 나를 안아 주었다. 환은 곧 떠났다. 신들은 신들의 집에 살아야 하므로. 그리고 내 아들 단군이 태어났다. 빛나는 얼굴을 가진 아이였다. 이마에 아비인 환의 빛이 늘 머물러 있었다. 누가 보아도 신의 아들이라는 것을 알 수 있는 뛰어난 아이였다.

단군은 잘 자랐다. 아이가 열다섯 살 난 해 어느 이른 봄날 새벽, 나는 단군을 데리고 내가 환을 만난 신단수가 서 있는 백두산 꼭대기로 올라갔다. 이야기가 시작된 곳을 아이에게 보여 주고 싶었다. 아버지 없이 자란 신의 아들에게 그의 본래의 힘과 위엄을 알게 해 주고 싶었다. 새벽바람은 아직 차가웠다. 산정으로부터 뻗어 내려간 산줄기들이 그림처럼 펼쳐져 있었다. 단군의 눈에 환희가 차올랐다. 아이는 신단수에게 다가갔다. 그리고 그 아래 서서 아버지를 불렀다. 그리고 마치 아이의 부름에 답하기라도 하듯이 환의 태양이 떠올랐다. 태양은 산줄기의 등성이를 찬란하게 비추었다. 단군의 눈에 감동의 눈물이 차올랐다. 그가 나를 향해 몸을 돌리고 나지막한 소리로 말했다. "어머니, 조선朝鮮이군요. 신선한 아침입니다." 그가 그렇게 말하던 순간, 차고 맑게 울리던 공기를, 그 공기를 전하던 말의 힘을 나는 잊지 못했다.

단군은 나라를 세우고 "신선한 아침의 나라, 조선"이라고 이름 지었다. 단군은 조선을 잘 다스렸다. 단군은 1500년 동안 나라를 다스린 뒤, 아사달에 들어가 그곳의 신이 되었다. 그것을 보고 난 뒤, 나는 죽을 날이 다가온 것을 알게 되었다. 환은 나에게 긴 생명을 주었지만, 단군처럼 불멸의 생은 아니었다. 나는 죽기 전에 다시 백두산의 신단수로 올라갔다. 환을 만난 그곳에서 환에게 돌아가고 싶었다.

내 몸에서 생명이 빠져나가자, 바람줄기들이 내려와 내 몸을 들어 올렸다. 그리고 지금 개마고원이 있는 자리에 나를 데려다 조심스럽게 내려놓았다. 내 몸은 그곳에서 점점 자라나기 시작했다. 등성이에 등성이가 쌓이고, 계곡에 계곡이 덧붙여졌다. 땅속 깊은 곳으로부터 용암이 터져 나와 기묘하고 아름다운 장관을 이루었다. 오랜 세월이 흘러 지나간 뒤, 그곳을 지나가던 어느 지혜로운 여행자 한 사람이 높은 고원으로 변한 나의 몸을 바라보며 낮은 소리로 말했다. "고마 엄마의 몸이군." 그리고 그 이래로 사람들은 이 높은 평원을 '고마고원'이라고 부르기 시작했다.

평원은 늘 고요하다. 나는 내 아이의 후손들의 아픔과 기

쁨과 열망과 투쟁과 갈등과 화해를 지켜보았다. 나는 그 일
에 끼어들지 못한다. 다만 고요히 지켜볼 뿐이다. 아침은
늘 신선하다. 수천 년 전부터 부는 바람은 늘 새로 부는 바
람이다. 나는 내 아이들이 그 신선한 아침의 새로운 평화의
역사를 일구어 갈 것을 믿는다. 내 품 안에서 늘 지고 새로
피어나는 신비한 노란색 장미처럼. 고요한 꽃잎으로 우주
전체의 말을 할 줄 아는 그 놀라운 신의 혀처럼.

---

* 개마고원: 순전히 상상력으로 만들어진 이야기. 아무런 학적 근거
  도 없다.

개마고원의 꿈

나는 멀리 갔었다, 아주 멀리. 나는 높이 갔다, 아주 높이. 나는 깊이 갔었다, 아주 깊이.

밤은 천년의 향기를 뿜었고, 검은 장미 꽃잎들에는 금빛 테두리가 둘러져 있었다. 하늘도 바다도 산도 너무 많이 있었고 동시에 하나도 없었다. 천사들이 악마들의 꼬리에 불을 붙였다. 악마들은 낄낄대면서 은하계를 쑤시고 돌아다녔다. 공기가 깊이 떨었다. 한 생애만큼 깊이. 우주는 몇 번씩이나 폭발하고 다시 생성되었다.

시간이 내 명치끝을 푹 찔렀다. 시간의 칼끝이 내 등을 뚫고 밖으로 나왔다. 그리고 한강 물만큼 많은 피가 쏟아졌다.

나는 안다, 내가 어디에서 왔는지, 그리고 어디로 갈 것인지도. 내가 어느 혈연의 딸이기 이전에 우주의 딸이며 허공의 어미라는 것도. 내가 가 봤던 모든 공간에 내가 나의 꼼꼼한 연대기를 남겨 두고 왔다는 것도.

그래도 이 생에는 개마고원에 가 보고 싶다. 이 생에는.

보라색 찔레꽃

바람이 불고 개마고원 들판에 핀 보라색 찔레꽃이(그런 꽃
이 있다고 마고 어머니가 이야기해 주었다) 높고 맑은 소리로 노래
를 불렀다 어머니가 새벽의 푸른빛과 석양의 붉은빛을 베
일에 감싸 들고 노래 부르는 보라색 찔레꽃 위로 날아갔다
나는 어머니가 방금 세상을 버린 영혼 하나를 그 꽃잎 위
에 올려놓는 것을 보았다 그날 밤 대지는 유난히 많은 이
슬을 맺었다

개마고원으로 날아가는 흰 뼈들

그러니까

말하자면

햇빛이 터진다

어디에서나 언제나

기다림은
고요를 지나
진작에

둥근 구슬이 되어

가 버렸다

햇빛은 햇빛 안에 햇빛 밖에 햇빛 사이에 햇빛 아래
있다 없다 또는 있고 없다

내 뼈다귀와 네 뼈다귀가

뼈다귀와 뼈다귀 사이가
타닥타닥 불타기 시작했다

개마고원으로 날아간다
내–네 뼈다귀 비에 오래 씻긴 흰 뼈들

쿠쿠 뻐꾸기 까악까악 까마귀 뽀로롱 방울새 구구 비둘기 따륵따륵 딱따구리

그리고 내 마음속의 후이후이 바람 소리 개마고원 찔레꽃 위에 내리는 햇살 소리 그 햇살을 받고 나르는 나비의 날갯짓 소리

다 들린다 먼 하늘에 있는 죽은 이들의 웃음소리도 들린다

매우 역동적인 고요 내 믿음은 그 고요 한복판을 관통한다

당나귀가 경사지에서

어느 순간
갑자기
'나는 그렇게 말했다'
라는 말이 들렸다

　　　　　　당나귀가
경사지에서
　　　　　풀을 뜯어 먹고 있다

'그'* 언덕 아래

누덕누덕 기운 거지의 담요를 들고
'그' 언덕 아래
하루 종일 앉아 있었다

황금빛 햇살이 뉘엿뉘엿 저물고 있다
그런데 이상하게도 그때부터
언덕 위 풀이 잘 보이기 시작했다
풀잎과 풀잎의 엽맥葉脈까지
줄기의 솜털까지

미친 듯이 다 보였다
네가 그 풀잎을 들여다보았던 눈빛까지 보였다
네가 그 풀잎을 들여다보느라고
참았던 숨결까지
그리고 저물녘 네 눈에 차올랐던 눈물까지

새벽에 종종걸음으로 달려가던 네 발자국 밑에서
밟히며 아야, 아야, 즐겁게 소리 질렀던 풀잎들까지

해가 산 중턱에 걸렸을 때

랭보의 노새가 어슬렁어슬렁 다가왔다

내가 노새 등 위에
내 거지의 담요를 덮어 주었다
노새 방울 소리가 개마고원까지 건너갔다

* '그': 나는 '이' 언덕이라고 '저' 언덕이라고 말하지 않습니다. 나는 '어
떤' 언덕이라고도 말하지 않습니다. 나는 '그' 언덕이라고 말합니다.
깊이 헤아려 주소서.

언덕 위에서 굴러 내리는 말들

그러니까
그러므로
따라서

말들은 언덕 위에서 굴러 내린다

이슬이 따라 구른다

아침 햇살
구름이 싣고 왔다

침묵의 언저리에서
죽은 말들을 주워 담는다

그날 저녁에는
쓸쓸함이 창. 창. 맑은 소리를 냈다

견딜 만하다

나는 언덕 중간과 바닥을 부지런히 돌아다닌다

언덕 위를 모르지는 않지만
그 언덕에 대한 추억이 내가 먹고 사는 밥이기는 하지만

그러니까
그러므로
따라서

저녁에 쓸쓸함에게
주워 온 말들을 기워 만든
따뜻한 이불을 덮어 주었다

쓸쓸함은 천년 동안 푹 잔다

그러니까
그러므로
따라서

고요

내 생의 밑바닥까지 흔들었던 몇 개의 시선들

봄이 왔고 봄이 갔다

꽃잎은 찢어진 손톱들처럼 흩어졌다

고요

안마당에
그림자 몇 개 기웃거린다

천천히 땅이 꺼진다

고요

적막한 세계의 변방에

가을비 아주 천천히 내리네
마음의 어떤 지워진 추억
오랜 치욕의 추억
비에 젖네
천 년 동안
사라진 것은 아무것도

없다

다만 상처가
스스로 길을 만들었을 뿐
적막한 세계의 변방에
고요히 자리 잡는 법을
가르쳐 주었을 뿐

가을 햇살, 먼지들 사이로

가을 햇살
먼지들 사이로 챙챙챙챙 쏟아진다

내 영혼아 힘차게 일어서라
이맘때쯤 영혼은 나무 꼭대기처럼 높이에 예민해진다
바람은 밖에서 불어오지 않는다
잘 다듬어진 에너지가 내 영혼으로부터
밖으로 빠져나갈 준비를 하고 있기 때문이다

높은 곳에 민감해진 내 영혼은
가을 햇살과 직접 소통한다

모든 일은 일어날 수도
일어나지 않을 수도 있다

상관없다

왜냐하면
때. 로.

\>

나는 나로써 설명되기 때문이다

맑음이 정점에 이르는 어느
순. 간. 에. 는.

갈라 터진 열망의 대지 위에 내리는 비

가을비. 대지는 고요하다.
우리의 마음도 그러하다.
빛에 대한 오랜 겸손한 갈망을 갈무리한
우리의 갈라 터진 열망의
대지 위에 놓인 마음속으로
조용히 스며드는 비.

오랜 성찰의 시간이
머물렀던 우리의 마음
그 마음 안에서
우리가 서로의 얼굴을 들여다보며
순결하게 갈무리했던
아픔으로 깊어진
성숙한 시간이 지나간다.

가을이 가기 전
하나의 매듭이 형성될 것이다.

가을비.
역사를 가로지르며

고요히 내린다.
우리의 마음도 고요하다.

해야 할 일을 했으므로
해야 할 일을 할 것이므로.

구르는 낙엽 하나

잠깐

생의 틈바구니에 끼겨 있다

다시 바람이 일어날 것이다

그러면 나는 안녕, 이라고 말하고
떠나야지

우주의 빛나는 한 알갱이 먼지처럼
천 년 전으로

하느님의 눈이 폭발하기 전

겨울 햇살

투명하게

공기를 지나

내 정수리에 팍 꽂힌다

내 머릿속 어딘가에 남아 있던

절망의 알갱이

그 햇빛 화살을 맞고

탁

터진다

아

살아 있구나

'그' 나무

'그' 나무, 새벽에, 멀리 세상의 모든 붉은빛들을 그 넓은 품 안에서, 맑게, 부드럽게. 절대적인 분홍빛으로 걸러 머리에 달고, 천상의 여왕처럼 우뚝 서 있었던 나무. 새들은 파드득대며 그 어머니의 품 안으로 날아 들어가 몸을 비볐다. 나뭇잎들은 차고 맑게 떨었다. 새벽이 서서히 찬란하게 밝아 오기 시작했다. 이윽고, 더할 것도 뺄 것도 없는 완벽한 황금빛이 될 때까지. 세계는 완벽한 말로 가득 차 있었다.

열두어 살 그 무렵, 나는 몽유병을 앓았다. 자다가, 문득 추워서, 잠에서 깨어나 보면, '그' 거대한 나무 아래 혼자 오도카니 서 있고는 했다. 새벽 세 시 또는 네 시 또는 다섯 시 또는 절대 시. 충만함으로 온몸이 떨렸다. 그 절대의 아름다움 앞에서, 모든 것은 힘없이 스러졌다. 아니다, 제 모습으로 겸손하게 있었다.

나는 부모님께 아무 말도 하지 않았다. 그 새벽의 알현은 그렇게 한동안 나 혼자만의 비밀로 간직되었다. 몽유병은 서서히 나았고, 새벽의 알현도 끝났다. 나는 성장했고, 무덤덤한 삶 안으로 걸어 들어갔다.

>

'그' 나무의 이름이 무엇인지 나는 아직도 모른다. 느티나무인지, 떡갈나무인지, 물푸레나무인지, 소나무인지…… 알고 싶어 한 적도 없다. '그' 나무는 나에게 한 그루 나무가 아니라 절대의 **나무**였으므로…… '그' 나무의 이름이 무엇이든 달라질 것은 아무것도 없었으므로……

고통이 비명처럼 차오를 때, 나는 다시 '그' 나무 아래로 달려간다. 어머니, 당신이 그 새벽에 나를 부르셨듯이 나를 다시 불러 주소서, 그리고 안아 주소서. 나무는 거기 여전히 있다. 여전히 크고 우람하게, 여전히 아름답고 절대적으로 우아하게.

나는 견딘다. 이 힘겨운 견딤도 언젠가 나무를 둘러싸고 있던 새벽의 황금빛 안으로 녹아들어 가리라. 그리고 내게서 잘려 나간 혀를 돌려줄 것이다. 나는 비로소 빛나는 말을 얻을 수 있을 것이다. 하늘과 땅 사이를 헤매며 성실하게 주워 모은 말의 부스러기들을 지혜의 용광로 안에서 이윽고 단단한 형태로 완결시킬, 쓸쓸함이며 자부심인 말을.

내 새끼 랭보

너를 읽으면서 나는 눈물이 밥인 것을 알았다
펑펑 울면서도 배가 부르다니!
아, 그건 네가 천 년을 건너와
할미의 냄비—영혼 안에
미지未知의 실체를 집어넣었기 때문이라는 걸

할미는 천천히 알아 간다

까끌까끌한 눈물
가시 돋친 눈물
가시에 역사의 단백질이 잔뜩 들어 있는 눈물
타자들*의 눈물

울수록 배부른 눈물

할미는 그 눈물을 보온병에 담아
광화문에도 나갔었다 그날 수백만 방울의 가시 돋친 타
자들의 눈물이
미지를 향해 콸콸 흘러갔었다

아가, 내 새끼,

나는 네 희망과 좌절과 눈물과 너를 관통한 역사와 동양
과 서양을 들고

개마고원에 가려고 한다

그곳에 가서 네 아픈 영혼을 심어 줄게

오월 나비처럼 연약한 배 한 척**인

네 쓸쓸한 영혼

그래도 잘 웃는 네 영혼

개마고원 너머로 *혜성****이 날아가는 걸 보고 올게

* 타자들: 랭보는 16세(1871)에 그 유명한 「見者의 편지」에서 "나는 他
  者다(Je est un autre)"라고 말했다. 시인의 내면에 있는 다른 자아가 시
  인에게 말하게 한다는 의미였다. 21세기에 나는 "나는 타자들이다(Je
  sommes des autres)"라고 랭보를 패러디한다. 랭보는 역사를 건너뛰었다.
  나는 역사 안으로 돌아온다. 촛불을 든 우리들은 역사 안의 나-타
  자들이었기 때문이다.

** 아르튀르 랭보: 「취한 배 *Le Bateau ivre*」

*** 혜성: 1) "그는 자신의 실존 외에 다른 동기 없이 불 지펴져 홀로 나와
       꺼져 버린 '혜성의 광채'이다", 스테판 말라르메, 랭보에 대한
       기억을 전하는 글(「메달과 초상 *Médaillons et portraits*」)에서.
    2) "나는 혜성을 붙잡지 못했다", 알프레드 바르디(랭보의 아프
       리카 고용주).

블러드문

블러드문. 오오, 혈월血月!

검은 하늘 위를 휘젓고 지나가는
장엄한 피-빛의 붓질!

단 한번에!

생명의 영광과 비참!
붓질 하나로 그려 내는!

구름이 쑥 내려왔다

아, 참, 멀다구 하믄 안 되갔구나

구름이 쑥 내려왔다
이슬 묻은 풀잎의 키가 간밤에 쑥 자랐다

말들이 온다

말들이 들이닥친다
참을 수 없이
이따금 보송보송하고 얌전하고 매끄러운
그러나 훨씬 더 종종 까끌까끌하고 껄끄럽고 심술궂은

다행히 나에게는 나이와 함께 얻은
내면의 커다란 방들이 있다

나는 분류를 아주 잘하므로
각자의 방에 착착 집어넣어 준다

밤중에 문득 내 대가리에서
솜털 달린 가시들이 솟아난다
가슴에서는 가시 달린 솜털들이 솟아난다
그리고는 각자의 노래를 꽥꽥 불러댄다

나는 가만히 앉아서 듣는다
나쁘지 않다
정확하게 말하면
그리 나쁘지 않다

>
새벽이 벌써 일렁인다
어쨌든

나는 그것을 안다

이 잡다하고 번잡하고
본질적으로 다른 말들이
공존하는 이유를

어느 날 만났던 시

그렇다. 딱 한 번. 너는 그 눈을 내게 보여 주었다.
그 눈빛이 파냈던 높이와 깊이를 나는 잊지 못한다.
하늘은 아주 낮게 내려왔고,
심연은 아주 높이 올라왔다.

나는 눈을 감았다. 모든 것이 너무나 투명하게 잘 보였
으므로.
사물들의 속살이 발겨지고 뼈가 희게 드러나 덜그럭댔다.
나는 보지 않았다.
나는 먹고 만지고 냄새 맡고
그리고 잠들었다.
내 영혼이 스. 타. 카. 토. 로 잘려
멀리 달아났다.

딱 한 번.

그 후로 나는 단 한번도 그 눈을 잊은 적이 없다.

딱 한 번.
그러나 얼마나 충분한 한 번인가.

\>

그러므로 나는 죽어도 된다.

아니다, 이미 죽었다.

별을 가진 사람들

별들은 우리 안에 가득 차 있다. 대부분의 사람들은 그 것을 모른다. 그러나 아주 드물지만, 그것을 알고 있는 사 람들도 있다. 그들은 세계 안에서 늘 외롭다. 여자들에게 는 '마녀'라는 명칭이, 남자들에게는 '괴물'이라는 명칭이 붙 여진다.

별은 먹을 수도 있다. 좀 화하고 쫄깃쫄깃한데 이따금 아 주 매운 알갱이가 씹힌다. 그 알갱이가 사실은 별의 독특 한 맛인데, 그 알갱이를 그냥 씹어 먹으면 큰일 난다. 혓바 닥에 구멍이 뚫어진다. 입안에서 잘 굴려서 녹여 먹어야 한 다. 그러면 입안이 쇼베 동굴만큼 넓어진다. 그러나 별을 먹어도 별로 배가 부르지는 않다. 따라서 식량이라고는 해 도 매우 상징적인 것에 불과하다. 별들은 가지고 놀 수도 있 고, 브로치나 배지처럼 옷에 달 수도 있고, 머리핀처럼 머 리에 꽂을 수도 있다. 그러나 별마녀들과 별괴물들은 절대 로 그렇게 하지 않는다. 그렇게 했다간 조선일보를 위시한 온갖 뱀의 혀들이 나발을 불고 새끼 뱀의 혀들도 따라서 방 방 뜨고, 결국은 그들에게 물려 죽게 되기 때문이다.

별들과 함께 사는 일은 그래서 무척 힘들다. 대개는 가슴 깊이 묻어 두고 우울할 때마다 몰래 꺼내서 본다. 그런데 사실은 그것으로 충분하다. 지칠 때마다 가슴의 깊은 방으로 돌아가 별들에게 말을 걸 수 있기 때문이다. 별들과 별괴물들은 세상이 알아듣지 못하는 고대어로 대화를 나눈다. 이 언어에는 유난히 U 음이 많은데, 그것은 별들이 블랙홀의 깊은 U자 구덩이에서 태어났기 때문이다.

"햐투루쿠 보다 난 라루리루?"
"넨, 우부미누 마란."
"타타, 후뭄마무 룬."
"넨, 아쿠 둔."

무슨 뜻이냐고? 가르쳐 줄 리가 있는가? 조선일보에 가서 일러바치면 당장 목이 댕강 잘리고 사지가 찢길 텐데.

그러나 별들을 품고 있는 자들은 잘 견딘다. 이천 년쯤 견뎠는데, 다른 천 년쯤 기다리는 건 일도 아니다. 그들은 다른 시간을 산다. 아쿠 둔.

빛의 얼굴

빛의 얼굴. 나는 그 얼굴을 보았다. 그것이 내 고단한 행군을 지켜 주는 힘이다. 그 얼굴이 힘 있는 얼굴인지는 모르겠다. 그 얼굴이 아무것도 해 주지 않을런지도 모른다. 나는 다만 그 얼굴에 대한 추억이 내 핏줄 밑바닥에서 스멀거리는 불안과 절망의 알갱이들을 늘 톡. 톡. 톡. 톡. 터뜨려 준다는 것을 알 뿐이다. 생이 나에게 허락한 시간이 얼마나 남았는지 나는 모른다. 그러나 아무 상관 없다. 나는 내가 해야 할 일을 한다. 나머지는 우주와 운명이 알아서 할 것이다.

세한도

눈
덮인
길 위에
길고 긴 나무 그림자 하나

문득 바람 불고

멀고 먼 하늘 어디에선가
종소리가
차랑차랑
들려온다

바람 차고 맑다

제3부 싸우는 눈물, 들*

* 눈물, 들: 왜 '눈물들'이 아니고 '눈물, 들'인가? 타락한 언어와 싸우
는 시민들은 무리가 아니다. 그들은 한 사람, 한 사람, 따. 로. 따.
로. 각성한 주체들의 모임이다. 그들은 홀로/함께 있다.

잘 싸우는 눈물

  우리의 눈물에는 가시가 돋쳐 있었다 그건 한 번도 수동적이지 않았다 우리의 눈물은 적극적 이성이었다 그건 잘 싸웠다 그날 밤 광장에서 수백만 개의 촛불이 흘리는 이웃의 눈물이 그러했듯이 분노는 골을 파냈고 눈물은 그 위로 세차게 흐르며 길을 만들었다

바빌론을 떠나며

그때 내가 내가 버리고 온 어두운 바빌론을 향해 돌아서서 울었다. 멀리 가시 돋친 눈물로 뱃머리 장식을 한 큰 배가 하늘을 거쳐 날아왔다. 내 발이 가벼워진다. 나는 망설임 없이 그 배를 탈 것이다. 가시 돋친 눈물 항아리의 자격으로. 바빌론이 내 발밑에서 멀어질 것이다. 그 대도시의 욕망의 아우성이 모든 현실성을 잃을 것이다. 나는 하늘을 거쳐 날아온 큰 배를 탈 것이다. 촛불을 든 사람들이 하나둘 다가온다. 그 행렬은 끝이 없다. 라마 사박다니.*

---

* 라마 사박다니: 「마태복음」 27장 46절에서 성서 기록자는 십자가에 달린 예수가 죽기 전에 외친 마지막 말 "엘리 엘리 라마 사박다니"를 "나의 하나님, 나의 하나님, 어찌하여 나를 버리셨나이까"라고 해석하고 있다. 우리는 거기에서 '엘리(주님)'를 빼 버리고, "(바빌론 시민이었던) 나를 버렸다"라는 뜻으로 해석했다.

눈물 위에 촛불을 켰다

눈물 위에 촛불을 켰다
상처 위에 촛불을 켰다
기다림 위에 촛불을 켰다

아니다

믿음 위에 촛불을 켠다
확신 위에 촛불을 켠다

승리 위에 촛불을 켠다

우리 안에서 힘찬 바람이 일어난다
그것은 태풍이 되어 휘몰아친다
촛불은 횃불이 모닥불이 된다

우리가 새벽을 불렀다

카라반이 횃불을 들고 길을 떠났다

어둠이 썰물처럼 빠져나갔다

이리 떼가 물어뜯은 맑은 눈

캄캄한 어둠 속
맑은 눈 하나가 다가왔다
등잔불처럼 밝은

이리 떼들이 달려들어
그 눈을 찢어발기고 물어뜯었다

우리는 그 눈 곁으로 달려갔다
우리는 이리 떼가 찢어발긴 그 맑은 눈에서
흘러내리는 피를 보았다
아니 그 피는 흘러내리지 않았다
섬광처럼 번쩍이며 위로 솟아올랐다

우리는 그 피를 우리의 온몸에 발랐다
우리는 그 피의 인광으로 번쩍인다

우리는 그 피의 빛으로 이리 떼를 노려본다

밤은 아직 머물러 있고
이리 떼는 여전히 웅성댄다

>
그러나 우리는 알고 있다
우리가 기어이 그가 흘린 피의 인광으로
어둠을 뚫어 낼 것이라는 것을

우우 피의 기억이 떤다
우우 산들이 떤다
우우 광야가 떤다
우우 깨어 있는 지성이 떤다

우리는 역사의 바닥을 힘차게 탕탕 두 발로 굴렀다
이리 떼가 몸을 낮춘다
그들의 비겁한 아가리가 썩기 시작한다

박해당한 자의 시간

그 후 안개가 걷혔다

태양이 나지막하게 내려와
작은 소리로 속삭였다

안개가 떠나면서 멀리
증오와 불신과 거짓 소문들을 가지고 갔다
햇빛 아래에서 그 알갱이들이
탁탁 터지면서
민들레 꽃씨들을 만들어 냈다

민들레 꽃씨는 멀리

멀리

아주 멀리 날아갔다

사람들은
얼굴과 얼굴을 마주 대하여[*]
말했다

\>

이제 비로소 우리 얼굴이 보인다
증오와 불신 아래 일그러졌던 얼굴
우리 얼굴이 이제 비로소 보인다

그해 초여름 또는 다른 시작

그 지루하고 거친 언덕에 나비가 날아왔다

* 우리가 지금은 거울로 보는 것같이 희미하나 그때에는 얼굴과 얼굴
  을 대하여 볼 것이요 지금은 내가 부분적으로 아나 그때에는 주께
  서 나를 아신 것같이 온전히 알리라(「고린도전서」 13장 12절).

가을비 바람 속

폭풍이 숨죽이고 나지막하게 다가온다

짓밟힌 풀들이 급히 일어선다
풀들은 자신의 힘을
조용히 아주 조용히 그러나 힘차게 인식한다

여름 사나운 뙤약볕에 잘 연단된 풀들
일어선다
높이 일어선다
폭풍과 함께 달린다

가을비는 지나간다
풀들은 그것을 알고 있다

언덕이 구르듯이 막아선다
무섭지 않다
풀들은 폭풍을 타고
언덕을 넘는다

연단된 풀들은 강인하다

그것들은 누웠다가도 얼른 일어난다[*]
그들이 폭풍을 다스린다

높이
당당하게

* 저항시인 김수영에게서 빌려 온 이미지.

숲, 길

숲은 고즈넉하고 고요하다

빛은 어디에 숨겨져 있는 것일까

혀 잘린 말들은
잔인한 힘의 억압 아래에서
신음하고 있다

천 년 전에도
천 년 후에도

달라진 것은 아무것도 없다
힘을 행사하는 방식이 교묘해졌을 뿐

나는 억압된 말들 사이를 걷는다
그리고 우리가 숲 사이에
인간의 길을 내 왔음을 기억한다

빛은 어디 있는가
빛은 언제 오는가

\>

상관없다 우리가
빛을 발명할 것이기 때문이다

숲속의 빈터는 고즈넉하다
그러나 그것은 숨겨진 말로 가득 차 있다

시간이 지나간다
우리의 간절한
갈망을 실어 나르는 시간

쓸쓸함의 나비들

쓸쓸함이 홀로 어두운 길에 섭니다
쓸쓸함은 옆으로 다가오는 쓸쓸함을 바라봅니다
쓸쓸함은 툭 어깨를 치고 지나가는
다른 쓸쓸함을 오래 쓸쓸하게 바라봅니다

하루가 허망하게 저물고
갈 곳 없는 마음은 텅 빈 거리의
어두움에 잠겨 듭니다

눈물이 나비처럼 솟아납니다
그 따스한 온기가 갑자기 천사처럼 온몸을 휘감아요

문득 몸을 돌려 보니 천지 사방 홀로 있는
다른 쓸쓸함들도 울고 있어요 나비 같은 눈물을 흘리며

쓸쓸함들은 쓸쓸함의 힘으로
눈물 나비를 날려 보냅니다

어두운 거리에 눈물 나비들이
훠얼훨 날아다닙니다

\>

나비들은 쓸쓸한 노래를 부릅니다
노래는 빛나는 눈물입니다

쓸쓸함은 쓸쓸함에게 기댑니다
한 세월만큼 한 세상만큼 오래

쓸쓸함은 쓸쓸함의 어깨입니다

눈물 한 방울

꽃 이파리 하나
또는 수백만 이파리, 들
바람 한 줄기
또는 수백만 줄기, 들

그러나

눈물 한 방울
딱 한 방울

우리는 그 눈물 한 방울을 택한다
생을 향해 떨어지는

그 책임진 생의 무거움이 우리를 들어 올릴 것이다

그럴 것이다

우주는 고요히 제자리에 있다

있어야 할 자리에 있어야 하는 모습으로
그러므로 역사 또한 그러할 것이다

나는 눈물 한 방울로

나는 눈물 한 방울로 별거 별거 다 할 수 있다

시도 쓰고 공부도 하고 밥도 지어 먹고 닭죽도 끓이고 샤워도 하고

촛불도 켤 수 있다

어린 왕들도 오래오래 기억할 수 있다

분노를 맑게 걸러 내어
힘으로 만들 수도 있다

눈물 한 방울로 세계를 관통할 수도 있다

눈물이 걸어가다가 뒤돌아서서

눈물이 걸어가다가 뒤돌아서서 말했다 나는 세상 밖으로
너를 가지고 가 지치지 마 시간 같은 건 없어 침묵을 빠져나
오는 진실한 말들이 있어 그 말을 귀 기울여 들어 그러면 돼

물에 젖은 그림자가 종종걸음으로 눈물을 따라갔다

나는 조용히 '안녕, 세계의 아침아'라고 인사했다

사막을 걷는다

군데군데 먼저 간 사람들이 흘린 핏자국들이, 아직도 마르지 않은 핏자국들이 흩뿌려져 있다. 영혼 깊은 곳에 그 핏자국들을 단단히 쟁여 넣고 신발 끈을 묶는다. 모래바람이 일어난다.

내 시선은 먼 곳을 바라본다. 오아시스는 아직 멀리 있다. 아니, 가까운 곳에 있을 수도 있다. 신기루는 오아시스가 아니라 절망과 좌절일 수도 있다.

새벽에 금성을 보았다. 빛나는 불의 별. 내 눈물이 조용히 말랐다.

네 눈을 보았던 기억이 난다

네 눈을 보았다
언제였는지는 기억나지 않는다
사막을 건너온 어린 왕들의 눈물과 기다림과 배고픔과
갈망과 좌절과
그럼에도 불구하고 그들이 끝내지 않았던 인내와 희망
에의 소명이
그 눈 안에서 번쩍였었다

도시의 소음이 지나갔다

너절한 영혼의 소유자들이 권력을 붙잡고
돈과 거래하는 시장의 법석도
요란한 관념의 완장을 차고 그 법석 안에서 제 몫을
챙기느라 분주한 언어의 환관들도

굉굉대며 지나갔다

네 눈빛은 이제 보이지 않는다
너도 보이지 않는다

>

그러나 나는 강력한 추억의 힘과 함께 있다

그 눈빛을 통해 보았던 나를 잊지 않고 있기 때문이다

바스락대는 눈물

눈물이 바스락대는 소리를 낸다
나는 고개를 숙이고 그 소리를 오래 듣는다
세계의 신음 소리가 들린다
약삭빠른 자들은 그 소리 위에 올라서서 장사를 한다

길은 보이는 것 같기도 하고
보이지 않는 것 같기도 하다

명쾌한 별들이 쉭쉭 지나간다
그건 천 년 전부터 그랬다
천 년 후에도 그럴 것이다

나는 별들의 말을 희미하게 알아듣는다

다만

이곳은 아직 진창이다

그러나 지치지 않고
빛을 부르는 자들이 있다

나는 그들에게 건다

그 말은 바스락대는 눈물에 건다는 말이다

또는 흔들림 없는 침묵의 말에 건다는 뜻이다

다시 '다시 시작하는 나비들'

나는 죽은 여자다.

당신들이 죽였다고?
아이구, 천만에 콩떡 만만에 콩떡
내가 내 손으로 나를 죽였다.
귀하들의 세속적 원칙에 복무하지 않기 위해서.

눈물을 따라 사막 길을 멀리 걸었다.
상처들을 가까이 들여다보며 그러나
상처를 본질의 맥락으로 옮겨 놓으며
발이 부르트도록 걸었다.

그리고 나는 돌아왔다.
생생하고 씩씩하게.

얻어맞은 상처마다 꿀눈물*을 발라서
반질반질하다.
그 위에 나비들이 날아왔다.
'다시 시작하는 나비들**'이.

>
나는 고요하다.

나는 전에도 거지였고 지금도 거지이고 앞으로도 거지
일 것이다.

나는 우주가 나에게 불러 준 운명에 순명한다.
그거면 된 것이다.

* 꿀눈물: '꿀'이라고 썼다가, 페친 최우찬 님의 "때로는 꿀보다 눈물이
  더 특효약이었어요"라는 댓글에서 영감을 받아 '꿀눈물'로 고쳤다.
** 김정란의 첫 번째 시집 제목.

랭보를 읽는다

랭보를 읽는다

나는 울지 않는다
그러나 눈물보다 더한 것을
존재의 바닥으로부터 올라오는
내가 들여다볼 수 없는
아득한
어느 잊힌 행성에 두고 온
이름 붙일 수 없는 것들을 느낀다

강바닥 펄 바닥 적색 거성 가루들이 가득 차 있는
역사를 관통하는 붉은 아직도 떠들어대는
잘려 던져진 혓바닥들이 우글대는
아가리에서 올라오는

비명을 듣는다
아니다 듣지 않는다
그것들이 내 살에 와서 몸을 비빈다

간밤에 꿈에서 랭보를 보았다

그는 착한 아들처럼 무수한 이야기를 재잘댔다

랭보를 읽는다
아니다 읽지 않는다
나는 랭보를 운다

바람은 밖에서 불어오지 않는다
바람은 내 안에서 치솟는다
나는 랭보를 안고 그 바람 안에서 솟구친다

아카시아 냄새

비탈길 위에서
문드러진 살들과 부서진 뼈들을 본다
잘린 혀는 진작에 썩어 사라졌다

아카시아는 부패 곁에서
시간의 연금술을 건져 올린다

나는 울지 않는다

그 문드러진 살들과 부서진 뼈들이
내 것이라는 것을 알고 있으므로

말은 먼 허공을 날아와
내 정수리에 잔인하게 팍, 꽂힌다

나는 아카시아 냄새를 맡지 않는다

나는 그것을 먹는다

지구는 천천히 회전한다

시간이 고여 있는 곳에서
문득 날갯소리가 들린다

흙 속에서 낮게 나는 새

빛의 벌레들

빛의 벌레들, 이라고 갑자기 알아차린다

죽은 엄마가 천 년 전부터 숲속에서
딱딱 소리 내며 손톱을 깎고 있네

빛의 벌레들이
죽은 엄마의 손톱 조각 속으로 시간들을 물고 들어갔네

나는 너란다 그리고 네 딸이란다
나는 왔거나 와 있거나 올 자연이란다
나는 무겁고 가벼운 몸이란다 시간의 탄성 안에서
가볍게 부푼 몸이란다 내 아가 내 어머니

세상은 여전히 사랑 없이 있다
나도 그 안에 여전히 있다

나는 모든 것을 이해하지만
그러나 이곳에서는 정말 모든 것이 아득하다

어디로 가야 하나

\>

어디로 가야 하나

죽은 엄마는 여전히 숲속에서
딱딱 소리 내며 손톱을 깎고 있지만

해 뜰 무렵에 쇄빙선이 도착했다

밤은 아주 길었다. 사실은, 아직도 밤이라는 것을 사람들이 깨닫기까지 아주 오랜 시간이 걸렸다. 사람들은 한때는 이제 정말 낮이 왔다고 생각했다. 그것이 낮에 대한 환상이었다는 것을 그들은 서서히 깨달았다. 가짜 낮, 낮에 대한 환상, 낮의 사기술, 가슴속에 낮에 대한 진정한 열망도 없이 힘의 환상에 매달려 낮의 소문만 낮게 유포되었던 허망한 날들, 흔들리는, 비척거리는, 기만적인……

그들은 역사의 오솔길을 맨발로 걸어서 왔다. 그들이 어디에서 왔는지 모른다. 다만 각자 자신의 이력을 밟고 왔다는 것을 알 뿐이다. 시대는 더 이상 깃발 아래 함께 우우 모여서 각자의 얼굴과 개인의 역사를 뭉개 버리는 시대가 아니었다. 각자는 각자의 촛불을 켜야 했다. 각자가 역사의 어둠과 빛을 읽어서 마련한 촛불을.

숲은 수많은 에움길로 이루어져 있다. 그래서 그들은 늘 혼자라고 생각했던 것인지 모른다.

그날 저녁, 숲 너머로 흔들리는 촛불을 하나씩 든 그들이 하나둘 바닷가에 모습을 나타냈다. 한 명씩 숲을 빠져나온 그들은 처음엔 가만히 자기 자리에 서 있었다. 그러나 조금씩 그들은 서로를 바라보기 시작했다. 바람이 세게 불어왔다. 그러나 그들은 힘겹게 깜박이는 촛불을 잘 들고 있었다. 마치 오래전부터 그렇게 바람 앞에서 촛불을 켜는 연습을 해 왔던 사람들처럼. 촛불의 절망과 희망에 제 몸의 절망과 희망을 잘 실을 줄 알게 된 사람들처럼. 어떻게 바람을 타야 연약한 촛불을 잘 지킬 수 있는지 알게 된 사람들처럼. 무엇보다 시간의 덕성과 악덕을 잘 이해하게 된 사람들처럼. 누군가 하늘을 바라보며 입을 열었다.

"눈이 오려나 봐요. 밤이 제법 춥겠는데요."

누가 말하기도 전에 그들은 모여들기 시작했다. 그들의 얼굴이 조금씩 상기되기 시작했다.

누군가 주위를 돌아보며 감탄하며 말했다.

"아, 보세요, 장관壯觀이군요! 우리가 이런 아름다운 광경을 만들어 내다니!"

>

밤은 점점 더 추워졌다. 그러나 그들은 시간이 이미 아주
빠르게 흐르기 시작했다는 것을 알고 있었다. 시간을 다시
느릿느릿하게 만드는 것은 불가능한 일이었다. 밤을 보내
는 것은 어려웠지만, 무의미하지는 않았다. 그들이 무엇을
기다리고 있는지 그들은 모두 알고 있었다. 그러나 그들이
기다리는 것이 어떤 방식으로 올지는 아무도 알지 못했다.

새벽이 올 때까지 그들은 그렇게 바닷가에 웅성이며 거대
한 촛불 바다를 만들며 서 있었다. 햇살이 조금 비추기 시작
했을 때, 숲의 다른 쪽 너머에서 웅웅대는 요란한 소리가 들
려왔다. 아주 화려하게 차려입은 사람들이 일제히 큰 가방
을 하나씩 챙겨 들고 나타났다. 들고 있는 가방, 입고 있는
옷차림은 화려했지만 모두 지난날의 것이었다. 그들의 생
김생김과 눈빛은 모두 비슷비슷했다. 그들은 거의 한 덩어
리처럼 보였다. 아마도 아주 오랫동안 편하게 살았는지 얼
굴은 빛났지만 반면에 눈빛은 칙칙하게 가라앉아 있었다.
그 눈빛에서 미래는 까맣게 죽어 있었다. 그들이 일사불란
하게 움직이기 시작했다. 그런데, 참으로 이상하게도 그들
은 뒷걸음질로 걸었다. 시간은 그들 곁에서 아주 딱딱하게
굳어 있는 것처럼 보였다. 그러나 그들은 나름대로 그 걷기

방식을 잘 익히고 있는 것처럼 보였다.

그 화려한 사람들은 촛불을 들고 밤을 새운 사람들을 쳐다보지 않았다. 아마도 그들은 그 화려한 사람들에게는 유령으로 여겨지는 듯했다. 반면에 촛불을 든 사람들은 그들을 쳐다보았다. 마뜩한 표정은 아니었지만, 그러나 그들을 유령으로 여기지 않는 것만은 분명해 보였다.

바닷가에 갑자기 무시무시하게 크고 놀라울 정도로 화려한 큰 유람선이 나타났다. 화려한 사람들은 왁자지껄 떠들며 뒷걸음질로 배에 올라탔다. 그 일은 그러나 별로 어렵지 않았다. 그들과 그 큰 배 사이에는 넓은 널빤지가 깔려 있었기 때문이다. 그건 그들의 일원인 어떤 베스트셀러 작가가 "물적 토대"라고 명명한 널빤지였다. 배는 아주 튼튼해 보였다. 그러나 그것이 정말로 튼튼한지는 아무도 모른다. 배와 그것을 타는 화려한 승객들 전체를 싸고 도는 어떤 부조화, 특히 시간의 부조화가 느껴졌다. 여전히 덩어리인 채로 이미 흐르는 방식이 달라져 버린 미래의 시간을 타고 갈 수 있을까.

>

배는 "물적 토대"라고 불리는 널빤지를 배 위로 올린 다음, 요란한 경적을 울리고 떠났다.

촛불을 들고 있던 사람들은 촛농이 거의 다 떨어진 촛불을 들고 바닷가 모래사장으로 똑바로 걸어 나가 하나씩 세워 놓기 시작했다. 그들 중 누군가 "모래 위를 걷는 건 언제나 너무 힘들어"라고 말했다. "그러나 이제 많이 익숙해졌어. 특히 시간을 이해하게 된 다음에는"이라고 덧붙여 말했다. 바닷가에 가지런히 세워진 작은 촛불들은 꺼질 듯 꺼질 듯 잘 버텨 냈다.

하늘이 조금씩 어두워졌다. 날은 점점 더 차가워졌다. 눈발이 날리고 바닷물이 얼기 시작했다. 그들의 웅성거림 소리가 솟아올라 왔다. 가슴을 불안의 칼이 헤집고 지나갔다. 눈발이 흩날리기 시작했다. 새벽빛은 다시 잿빛으로 가라앉았다. 누군가 떨면서 말했다.

"다시 겨울인가요? 보세요. 눈이 내리기 시작했어요. 바닷물이 얼어붙고 있군요. 아까 떠난 그 배는 어떻게 되는 걸까요?"

>

그리고 그들은 보았다. 저 멀리, 까마득히, 얼어붙은 바닷물을 헤치며 이마에 떠오르는 해를 매단 채 무수한 작은 쇄빙선들이 나타나는 것을. 그 쇄빙선들은 아주 작았다. 한 명씩 타거나, 아니면 기껏해야 몇 명씩 따로 타야 하는 작은 배들이었다.

그들은, 따로, 그리고 같이 쇄빙선을 향해 달려갔다. 그들은 서로를 향해 인사하며 외쳤다.

"문제는 시간이에요. 시간을 잘 이해해야 해요. 얼음 바다를 건너가서 만나지요. 그때는 이미 낮이 되어 있을 거예요."

해 뜰 무렵에 쇄빙선이 도착했다.

후투티, 안녕, 하고 인사하다

쓸쓸함에서는 낙엽 냄새가 난다
젖은 뿌리 냄새도 난다
그런데 눈을 감고
세계만큼 한 호흡 오래 들이쉬고
깊은 영혼의 방 안으로 숨을 들여보냈다가
눈을 뜨면

이슬 냄새도 난다

후투티, 안녕, 하고 인사하고
깃털 하나 떨어뜨리고 지나간다

나는 그 깃털을 주워 들고
산꼭대기를 바라본다
쓸쓸함이 구름의 붓으로

넓고 넓은 시를 써 놓았다

나는 산 아래 있다
고요하다

\>

산 아래에서 하늘을 올려다보며

읽는

시

후투티 깃털 같은

살에 완벽하게 상감象嵌된 칼

칼, 이따금, 내 살을 판다

나는 비명을 지르지 않는다
내 생을 절대로 뒤로 물릴 수 없다는 것을
내가 이 옹색한 삶 안에서 권리의 이름으로
소환한 불화의 덕목을, 그 진도가 완성될 때까지
살아 내어야 한다고 내 영혼에게 다짐했기 때문이다

나는, 어쨌든, 이 생이 아닌 다른 곳은,
지금으로선, 없으므로, 조금, 영혼의 버전을
틀어 본다, 칼, 뼈와 뼈 사이를 가르고, 헤집고,

그리고, 어느, 설명할 수 없는 순간,
어떤 이해할 수 없는 방식으로, 틀어진 버전의
효율은 극대화되고, 칼은
상처의 자리에 완벽하게 맞물린다

내 생은 그렇게 여전히 진행된다

빛, 이따금, 그리고 어떨 땐 노래마저도

희미하게…… 희미하지만……

(칼의 재질에 통합된 빛,
칼의 방식으로 조바꿈된 노래)

티티새가 돌아왔다

티티새가 돌아와
내 시집 위에 앉았다
자세히 보니 부리에 진흙을 가득 물고 있다
'티티새야' 하고 불렀더니
'아쿠 둔' 하고 인사했다
진흙이 쿠쿠쿠 자음으로 떨어졌다
ㅜㅜㅜ 모음의 깊은 동굴을 내 시집에 파내며
ㅜㅜㅜ 아니 뒤집힌 하늘인가

티티새의 눈에서 피와 눈물과 먼지가 보인다
그런데 그 사이로 맑은 이슬들이 매우
'특수한 방식으로' 맺혀 있다

티티새가 "하늘, 저기"라고 말했다

나는 "땅도 저기란다"라고 대답했다

티티새는 날개를 접고
내 시집 위에서 잠들었다

\>

진흙을 물고 돌아온 티티새는

저기와 저기

또는 여기와 다른 여기 사이에서 잠들었다

나도 티티새를 안고 깊이 잠든다

해가海歌, 2021

그들은 막대기로 해안을 두들기며 노래했다

"제멋대로인 용아 수로를 잡아간 네 죄가 하늘에 닿았음
을 알라 돈과 권력으로 말(語)을 잡아다가 네 입맛에 맞게 멋
대로 혀를 놀렸으니 그 혀가 네 목을 감을 것임을 알라

거북아 거북아 수로를 내어놓아라
아니 내며는 잡아서 구워 먹겠다!"*

그들은 막대기로 해안을 두들기며 노래했다

대가리 100여 개인 용이 수로를 받들고 나와 공손하게
바쳤다

수로는 용에게 잡혀가기 전보다 더 아름다워진 모습으로
서라벌로 돌아왔다 서라벌은 막대기로 해안을 때리며 노
래 부른 자들의 땅이다
서라벌은 수로의 신성한 말의 땅이다

그들은 용의 100여 개 대가리를 탁, 탁 세게 때려 주었다

대가리들은 툭툭 떨어져 동쪽 먼바다로 흘러가거나
간신히 어깨에 붙어 있는 대가리들은
입을 다물었다

멀리 해안가 절벽에서 척촉화가 활짝 피어나고 있다

* 일연, 이재호 옮김, 「수로부인」, 『삼국유사』(제2 기이편·하).

쓸쓸함이 시래기라면 좋겠다

폭 삶아져서 차가운 공기에 닿아 얼기도 하고 바람을 맞
아 웅크리기도 하고 그래도 끝까지 자기를 이루는 본질은 씩
씩하게 지켜 내는 무엇보다 햇빛은 한 줄기도 놓치지 않은

가난한 식탁 위에 올라가 쪼그라든 가난한 실체가 열심히
흡수한 햇빛을 내어 주는 시래기

쓸쓸함이 내 생을 한없이 피폐하게
만들어도 어디선가 내 쭉정이 생이
시래기처럼 가난하게 부지런히
나도 모르게 흡수한 햇빛이 있다면
좋겠다 넘어져 죽더라도

어느 순간 빛이 터져 나올 수 있게

제2부 썩은 말들

나는 어린 왕들을 따라갔다

그 길을 따라 올라간 것은 한 천 년쯤 된 일이다 밤에 고요 속에서 어린 왕들의 울음소리가 들렸다 우리는 그들이 그렇게 오랫동안 울다가 죽었다는 것을 알고 있다 세상은 늘 어린 왕들을 잡아 죽인 썩은 말들로 가득 차 있었다 힘센 자들의 말일수록 더 썩어 있었다 마을은 썩은 말들의 진창이었다 거리에는 발밑에 썩은 말들이 미끄덩댔다 거짓말과 썩은 말들이 '공정'을 떠들어대며 언관들의 호위를 받으며 돌아다녔다

그러나 우리는 그 길을 따라 올라가는 일을 포기하지 않았다 가다 못 가면 어린것들이 갈 것이다 꼭대기 근처에서는 어린 왕들의 울음소리가 잘 들렸다 우리는 가슴 깊은 곳에서 칼을 꺼내어 그 울음소리들을 베어 내서 역사책 안에 잘 넣어 두었다

썩은 말들이 천지를 뒤덮고 자신의 탐욕과 추악함과 모순과 거짓됨으로 스스로 무너질 때 우리는 그 복판에 역사책에서 꺼낸 칼과 어린 왕들의 울음소리를 던져 넣을 것이다

썩은 말들

발밑이 썩고 있다 그 마을의 모든 말들이 진실을 전하지 않은 지는 오래되었다 늙은 거짓말쟁이들과 젊은 거짓말쟁이들이 썩고 있는 물에 자꾸 침을 뱉고 있다 늪이 창궐하고 있다 여기저기에서 눈에 탐욕의 불을 켠 두꺼비들이 뛰어다닌다 철학은 이미 오래전에 망가졌다 그해 겨울 내내 몇 달씩이나 사람들은 촛불을 들고 광장에 모였다 그들은 힘들게 희망을 발명했다 그 마을에서 희망은 발견할 수 없었다 이미 오래전에 두꺼비들이 다 잡아먹었기 때문이다 그래서 그들은 희망을 발명해 내야만 했다

거짓말쟁이들은 아직도 거짓말로 역사를 바꿀 수 있다고 굳게 믿고 있다 그들은 자신들의 거짓이 그 마을을 썩게 만든 가장 큰 독인 것을 여전히 모른다 또는 모르는 체한다 사실 그들은 수백 년을 그렇게 거짓말로 살아왔기 때문에 무엇이 참인지 거짓인지도 모른다 그들은 거짓으로 옷을 해 입고 거짓으로 얼굴에 주사를 놓고 거짓으로 밥을 해 먹고 거짓으로 목욕을 한다 거짓이 그들의 생존 방식이며 영광을 유지하는 방식이다

죽은 어린 왕들은 멀리에서 슬픈 눈으로 거짓으로 뒤덮인

그 마을을 지켜본다 그 눈길이 슬프고 막막하다 사람들은
광장에 모여 봄이 오면 조금이라도 마을이 밝아질지도 모른
다고 속삭였다 그렇지 않으면 마을을 떠날 수밖에 없다 봄
이 오면 절망이 썰물처럼 빠져나갈지도 모른다 그들의 눈에
서 겨우내 지핀 촛불이 수직으로 타오르고 있었다

안팎으로 부는 바람

마을은 여전히 시끄럽다 점점 더 시끄럽다 자격이 없는 자들이 공동체 독립성의 엠블렘을 탈취하여 그것을 외부의 권력 앞에 가져다 바치고 종속시킨다 뻔뻔함과 무지가 그들이 자랑하는 최고의 덕성이다

시간은 제 길을 간다 눈 밝은 자들은 길 끝에 이미 이르렀다

의미 없는 악다구니들이 점점 더 데시벨을 높인다 악의 지수를 높일수록 그들 사이에서 영웅 대접을 받는다

개마고원에 봄꽃이 피어나기 시작했다 그것은 곧 공유될 것이다
빛이 공유되듯이 희망이 공유되듯이

마을은 여전히 시끄럽지만 그 소음이 무의미하다는 사실도 점점 널리 알려지기 시작했다

봄바람이 천천히 불어온다 기도 기다림 오래 참음 희망에의 투자라고도 불리는 봄바람 서해와 동해와 남해의 파도를 동시에 불러일으키는 바람 한라 꼭대기와 백두 꼭대기까지

동시에 껴안는 바람 아프고 강한 바람 눈물로부터 태어나 눈물을 닦는 바람

　너와 나 우리의 영혼 안에서 안팎으로 끊임없이 불어 가 며 불어오는 바람

통곡은 포효가 될 것이다

사악한 용들의 혀가 그의 몸을 칭칭 감았다. 끈적이는 모욕의 침을 그의 온몸에 뿌려댔다. 그 모욕의 침은 우리의 얼굴 위에도 떨어졌다. 다만 올바르게 살기 위해서 역사의 갈피를 지극한 마음으로 살폈던 자들의 얼굴 위에도. 매일이 악몽 같았다. 용들의 혀는 사방으로 독을 내뿜었다. 사방이 그 독이 뿜어낸 매캐한 연기로 가득 찼다. 앞이 보이지 않았다. 사람들의 마음속으로 그 독이 깊이 스며들었다. 사악한 용들의 혀는 특히 사람들이 독립적으로 사유하지 못하도록, 자기들에게 이익이 되는 세계의 원리를 사람들이 진리라고 숭앙하도록, 스스로 사유의 주체가 되려는 자들의 얼굴 위에 독의 침을 발랐다. 그들의 얼굴이 흉하게 일그러지고, 몸이 썩어 가기 시작했다. 사악한 용들이 오만하게 외쳤다. 보라, 우리에게 저항하면 어떤 꼴이 되는지를.

사악한 용들의 혀에 칭칭 감긴 그의 몸이 광장으로 끌려나왔다. 사람들은 지나다니면서 한 번씩 그의 몸 위에 침을 뱉고, 저주의 말을 내뱉었다. 사람들은 진실에는 아무 관심도 없었다. 그들은 이미 사악한 용들의 혀가 오랫동안 내뿜은 독에 중독되어 있었으므로, 그들이 자신의 사유의 주인이 아니라는 사실을, 그들이 그를 향해 내뱉는 저주의 말이 실은 사악한 용들의 말이라는 사실을 알지 못했다. 그는 광장에 끌려 나와 모든 모욕을 감당해야 했다. 사악한 용들은 이미 그에게서 모든 방어 수단을 빼앗아 버린 뒤였다. 그에게는 자신을 지킬 수 있는 최소한의 방법도 없었다. 그가 믿었던, 그나마 덜 사악한 작은 용들의 혀도 사악한 용들이 걸어 놓은 마법의 주문대로 움직였다. 때로는 사악한 용들보다 더 잔혹하게 그의 몸에 비수를 꽂았다. 그렇게 해야만 세상의 저주가 온몸에 떨어지고 있는 그를 한때 지지했던 자신들이 그보다 더 우월하며, 절대적으로 순수하고 무결하다는 것을 사람들이 믿어 줄 것이라고 생각했기 때문이다. 그와 무관하다는 것을 증명해야 했다. 그를 더욱더 잔인하게 고문함으로써, 이제 그를 버렸다는 것을 세상에 알려야 했다.

　그는 자신의 안으로 돌아갔다. 영혼은 맑고 차다. 두려움도 회한도 없다. 그는 마법에 걸린 세상을 향해 돌아서서 울었다. 그러나 그 울음은 오래 지속되지 않았다. 그는 자신이 할 수 있는 일을 모두 끝냈다는 것을 알았기 때문이다. 그는 운명을 완성하기 위하여 그에게 남은 마지막 존재의 매체인 몸을 높이, 아주 높이 들어 올렸다. 그리고 그는 자신이 오래 사랑했던 세상을 향해 자신의 몸을 던졌다. 그를 칭칭 감고 있던 사악한 혀의 밧줄이 단번에 툭 끊어졌다. 그의 몸에 덕지덕지 붙어 있던 모욕의 진물도 맑은 새벽 공기 속으로 연기처럼 사라졌다. 그는 우주의 순수 공간으로 돌아갔다.

갑자기 혀의 마법이 사라졌다. 사람들의 가슴에 진실에 대한 열망이 돌아왔다. 그리고 눈에 눈물이 차올랐다. 사악한 용들의 마법을 걷어 내는 눈물. 진정한 이성의 전조인 눈물. 세계의 진실에 감응하는 눈물. 세상이 통곡으로 가득 찼다. 사람들은 회한으로 몸부림쳤다. 사람들은 그의 찢어지고 부서진 몸을 껴안고 통곡했다. 그들은 죽어서 비로소 모욕으로부터 자유로워진 그의 가엾은 작은 몸을 쓰다듬으며 울었다. 그들의 사유는 비로소 그들 자신의 것이 되었다. 사람들은 그제야 그들이 사악한 용들의 혀가 내뿜는 독의 마법에 걸렸었다는 것을 깨달았다.

그러나 사악한 용들이 그들의 혀를 거두어들였다는 징조는 아직 어디에도 없다. 사람들의 통곡이 세상을 바꿀지도 아직은 알 수 없다. 사악한 용들을 부리던, 아니 어쩌면 그들에게 부림을 당했던 자는 사람들의 고통스러운 외침에 귀를 틀어막고 있다. 사악한 용들은 다시 혀를 낼름거리기 시작하고 있다.

그런데, 보라, 사람들이 저마다 홀로 조용히 몸을 일으키는 것을. 통곡이 깨달음으로 서서히 전환되는 것을. 그들의 머리 위로 어둠을 찢으며 황금 부엉이가 방향을 가리키며 날아오르는 것을. 그가 몸을 던진 부엉이 바위 옆에는 사자 바위가 있다. 시대는 상징으로 가득 차 있다. 사람들의 통곡은 포효가 될 것이다. 사자는 사악한 혀를 낼름거리는 용들과 싸우기 위해 천천히 몸을 풀기 시작하고 있다.

썩은 말들

그들의 말은 늘 무엇인가로 가득 차 있다 질투 출세욕 시
기 돈 거짓말 출세하려는 술수 그들을 거두어 주는 형님에
의 충성 맹세 고급 위스키 포르쉐 골프채 가짜 박사학위논
문 기타 등등
　없는 것은 단 한 가지: 진실

말들은 힘센 자들의 대가리 위에서 원무를 춘다
그 말들이 그들을 한 몸으로 이어 준다
대가리뿐 아니라 몸뚱이까지 영혼까지 붙여 준다
그들은 서로 끌어 주고 응원해 주고
그리고 사이좋게 황금 밥을 나누어 먹는다
형님 열 숟가락 형님께 잘 보인 나도 한 숟가락
(형님 몰래 꿍칠 수 있다면 꿍치고)

그 질펀한 식사를 yuji하기 위해서

그들은 내장까지 들여다보이는 붉은 성대를 열고
진실을 향해 으르렁댄다

분노의 용암이 끓고 있다

멀리서

아니 아주 가까운 곳 같기도 하다

대홍수를 기다리며

모든 것은 뻘밭 속으로 빨려 들어갔다

거짓말이 거짓말을 낳고
낳은 거짓말이 거짓말의 알을 낳고
거짓말의 알은 그들의 썩은 대가리 부화장 속으로 들어갔다

거짓말의 무한 증식
왜냐하면 그 부화장의 조건이 워낙 완벽했다
돈과 권력에 대한 무한한 욕망과
그것과 짝을 이룬 어리석음과 가짜 공포들과
그리고 명성을 좇는 기회주의

우리는 그 모든 것을 침묵과 인내 속에서 지켜본다

때가 올 것이다

그 썩은 영혼의 부화장이
벼락을 맞아 깨끗하게 소독되는 날이

우리는 좌절과 고통 안에서

새벽을 기다리고 부르는 법을 배웠다

그건 그들이 생각하듯이 그렇게 만만한 능력이 아니다

대홍수의 시간이 온다
거짓이 지푸라기처럼 쓸려 내려갈 시간이

우리는 징조를 부른다
아니다 징조를 창조한다

똥파리들의 착각

똥파리들이 지나가는 황금빛 꿀벌의 우아한 날갯짓을 보고 놀라서, 겁에 질려서, 저건 똥파리다, 저렇게 우아한 황금빛 날개를 가진 생물이란 세상에 존재할 수 없어! 내가 똥파리 마왕을 섬기며 똥파리로 살았듯이 너도 똥파리다, 그러면서 법석을 떨었다. 주변의 새들이 '별 미친 넘들 다 있네'라고 말하며 스쳐 지나가자, 다음 날 머리털을 박박 밀고 "꿀벌은 물러가라. 우리에겐 똥파리가 대왕이다. 그거면 yuji된다"라고 악악거리기 시작했다.

똥파리들의 민 머리카락 밑에서 '자기 모순'이라는 암세포가 자라기 시작했다. 다음 해 모월, 숲에는 자기모순 암에 걸려 죽은 똥파리들의 시체가 늘비할 예정이다.

그리고 하늘은 그 어느 때보다 맑을 예정이다. 끝.

기도

내 생은 그러니까 그렇게 갈갈이 찢어졌다

남은 것은 별로 없다 하기는 가져 온 것도 별로 없었다

시대는 서서히 팽창하며 내 누더기 영혼을 비웃는다

아무려면 어떤가 나는 드디어 아무렇지도 않다

정신적 홈리스인 나는 머릴 둘 곳 없어서

미친년의 세발낙지 머리카락을 휘날리며

팽창하는 우주를 향해 달려간다

나는 살지 않았다 다만 견디었을 뿐이다

앞으로도 그건 잘 해낼 자신이 있다

당신들의 천국의 문간에서

그의 피가 하는 말

그의 피는 처음에는 울부짖는 것 같았다
그 다음에 그의 피는 차근차근 설명하는 것 같았고
그 다음에 그의 피는 즐겁게 노래하는 것 같았고
그 다음에 그의 피는 기도하는 것 같았다

깊고 맑게 오래 참을성을 가지고

나는 그의 피를 따라가지 않았다
나는 그의 피가 하는 말을 따라갔다

말들은 그 마을에서 오래전에 쓰레기통에 처박혔다
말을 분배하는 언어 유통업자들은 거짓말을 밥처럼 퍼
먹었다
말은 진실을 전달하지 않았고 거짓의 솔기 장식 노릇만
했을 뿐이다
언어 유통업자들은 증오의 누룩을 넣어 띄운 곰팡이를
줄기차게 팔아먹는다 말은 그 마을에서 오래전에 악마
의 도구가 되었다

그 마을에서는 법관들과 선생들과 중들과 목사들까지

거짓말로 먹고 산다 거짓은 거짓의 황금과 금을 두르고
닫힌 서클 안에서 부패의 권위를 생성시킨다
그 서클 밖에 있는 자들은 아가리를 닥쳐야 한다
그들의 거짓말을 신성한 말로 믿고 따라야 하므로
진실을 구하는 자들에게

그들은 붉은 딱지를 발부한다

그의 피는 붉은색이다 그 붉은 피가
오래도록 기도하는 법을 가르쳐 준다

나는 그의 피를 따라가지 않았다
나는 기도하는 그의 말을 따라갔다

둥근 꽃들

마음속에 기다림이라는 이름을 가진 꽃을 심었어요
날이 어두웠어요 멀리서 이따끔 천둥이 으르렁댔어요
꽃들은 마냥 기다리다가
때로 너무 막막해서
자기 머리카락을 마구 쥐어뜯었죠
그리곤 칼처럼 뾰족해져서
내 몸속 핏줄마다 다 돌아다니며
쑤셔였어요 피가 철철 흘렀어요
나는 꾹꾹 참았죠
그냥 참은 건 아녜요
꽃들에게 끊임없이
사물과 세계를 보는 방식을
사랑으로 희망으로
막막한 기다림을 낮은 계단으로 삼아
위로 치고 올라가는 방식을 가르쳤죠
막막한 채로 그러나 지극한 눈물로
물을 많이 주었어요

꽃들은 점점 더 순해졌어요
밖에서 으르렁대던 천둥도 조금씩 노랫소리로 변해요

\>
아마도 기다림은 안으로부터
제 몫의 고통을 다 살아 낸 것 같아요
꽃들이 노래 부르는 소리를
빛 속으로 끌어낼 수 있을 것 같아요

꽃들은 환하고 고요해요
오랜 고통으로 꽃잎이 너덜너덜해지기는 했지만

둥근 아주 둥근 솥단지 같은 시간이 올 거예요
나는 그 둥근 시간 안에 둥근 밥을 담아 먹을 거예요
꽃들도 아주 동그래질 거예요
자기 안에 오롯이 완결되어 있을 테니까요

나는 나무들 뒤에 있다

나는 나무들 뒤에 어둠 속에 있다 내 눈은 어둠에 민감하다 빛은 역광으로만 내 눈에 잡힌다 비합리와 비양심이 힘을 휘두르며 거짓을 팔아먹으며 큰소리치며 양식을 능멸하고 짓밟으며 군림했던 이 땅, 아직도 그 생채기에서 떨어지는 피 냄새는 가시지 않고, 사람들은 상처를 상처로 덮으며 시간의 축복을 기다릴 뿐인 이곳에서 살아야 했던 모든 이들이 그렇듯이

나는 언어를 믿을 수 없었다 모든 것은 허망했다 거짓이 더 큰 거짓을 낳고 거짓이 참을 참칭하고 왕 노릇했다 그들은 모든 것을 가지고 있었다 권력도 자본도 언어도 그리고 역사조차도

총이 발사되었다 총검이 저항하는 어른들은 물론 어린 소년들과 소녀들까지 죽였다 사람들이 픽픽 쓰러져 죽고 그들의 몸은 암매장되었다

수십 년이 흘러 지나갔다 생채기 위에는 딱지가 앉았다 그 아래로 진물은 여전히 강물처럼 흐르지만 찢어지고 고문당한 육체 아래에서 신음은 악몽처럼 아직도 새어 나오지만

>

그러나 살인을 명한 자는 아직도 떵떵거리며 잘 먹고 잘 산다 나랏돈을 들여 그의 안전을 보호해 주기까지 하며 그는 죽은 자들의 피로 이룩한 재산을 아들과 손자에게 대물림하기까지 한다 그를 옹호했던 자들은 여전히 언어를 장악하고 있다 거짓의 혀가 사방을 채찍처럼 날아다닌다

내 눈은 어둠에 민감하다 빛은 아직도 흐리고 분명하지 않다 참은 아직도 멀리 너무나 멀리 가물가물 있다 문득 아득해진다 이 평생의 간절한 기다림은 무엇이었을까

저들의 정수리에 빛의 소나기가 창처럼 내리꽂히는 날은 올까

버드나무 천녀天女 유화柳花의 물길

버드나무 천녀 유화는 자기 몸에서 버드나무 잎을 훑어
내서 버드나무 잎사귀 배를 만들어 아들 주몽을 그 위에 태
워 보내며 말했다.*

"물길을 따라가거라."

주몽은 어머니의 가르침을 따랐다.
그는 어머니의 물길을 따라갔다.
그러나 1980년 5월 물길은 핏길이 되었다.
전두환과 그 일당이 조선일보의 찬양을 받으며
물길을 총검으로 푹푹 찔렀다. 피와 시신이
물 위에 둥둥 떠올랐다.

주몽은 핏길을 따라갔다.
버드나무 잎사귀들이 피 흘리며
찢어지고 흩어졌다.
그래도 그는 어머니의 가르침을 잊지 않았다.

"핏길은 다시 물길이 될 거야."
그는 몇 개 남지 않은 버드나무 잎사귀들을 갈무리했다.

>
사방에서 뱀의 혀들이 쉴 새 없이 떠들어댔다. "빨갱이다!
주몽朱蒙의 주朱가 '빨간 주朱' 자인 것이 그 증거다!"

주몽은 상관하지 않는다.
썩은 아가리들이 스스로 핏길을 따라 썩으며 익사하고 있
기 때문이다.

어머니의 물은 다시 힘차게 흐를 것이다.
자기 원리를 달과 해와 별의 원리로 승격시킨 자들에 의해,
진실 앞에 두려움 없이 서는
거칠 것 없는 성심聖心의 사람들에 의해.

* 이 이야기는 만주족 시조모 불다마마와 그녀의 아들 포고리옹순의
이야기인데, 등장인물을 우리 민족의 어머니 신 유화와 그녀의 아들
주몽으로 바꾸었다. 유화도 버드나무 여신이다. 아들을 버드나무 잎
배에 태워 보낸 불다마마도, 금와의 박해를 피해 아들을 말에 태워 보
냈던 유화도 아들들이 역사의 기원을 향해 가는 것을 알았을 것이다.

안개가 내린 신탁

천지에 미만한 안개

속에 피를 한 방울 떨어뜨린다

갑자기 안개가 사방에서
뭉게뭉게 뭉치고

이천스물한 개의 아가리를 벌렸다

쉭쉭대는 아가리에게
피를 한 바가지 퍼 준다

안개는 천천히 춤추며 흩어졌다

마지막 안개 한 줄기가
들릴락 말락 한 목소리로
그러나 분명히 알아들을 수 있는 목소리로
신탁을 내렸다

살아 내라!

떡갈나무 잎사귀가 정신없이 흔들렸다
도도도도*

* 도도도도: 그리스 최초의 신탁소는 제우스 신의 신탁을 전하는 '도
  도나'였다. 그 신탁소에서 신의 말을 전하는 것은 떨며 우는 떡갈나
  무 잎사귀 소리였다.

진실은 가물가물 연약한 싹을 언 땅 위로 밀어 올린다

수십 년 전 군홧발이 잔인하게 짓밟았던 그 여린 풀은 겨우 힘들게 목숨을 부지해 이제 제법 튼실해졌다. 그런데 이번에는 한 손에는 돈이 가득 든 쌈지를 다른 손에는 법전을 거꾸로 든 자들이 몰려와 그 여린 풀에게 달려들어 짓밟기 시작한다. 거꾸로 든 법전으로 풀 대궁이를 마구 으깨는 자도 있다. 멧돼지 한 마리가 불기만 하면 거짓말이 튀어나오는 확성기를 들고 서서 그들의 행위를 지시하고 있다.

풀은 누웠다가 다시 일어난다. 또 누웠다가 또다시 일어난다.[*] 어느 시점이 되면 일어나는 풀의 힘이 법전을 거꾸로 든 자들과 확성기를 든 멧돼지의 힘보다 강해질 것이다.

풀의 엽맥葉脈은 칼을 닮았다. 그것은 거짓을 잘 베어 낸다.

• 다시 김수영의 이미지.

제1부 죽어 간 어린 왕들

큰 귀 속에 사는 아름다운 것들

사막에서 귓속에 꽃을 꽂은 꼬마 여우들을 만났다. 내가 꽃을 왜 귀 뒤에 꽂지 않고 귓속에 꽂았느냐고 묻자 여우들은 조금도 망설이지 않고 대답했다. 그건 우리가 꽂은 거 아니니까. 그것들이 거기에서 피어났기 때문이야. 꽃들의 씨를 우리 귓속에 뿌리고 돌본 건 우리의 영혼이야.

사막여우들이 꽃이 꽂힌 큰 귀를 팔랑이며 달려갔다. 작은 바구니가 허공에서 흔들리며 그들을 향해 내려온다. 별과 바람이 들어 있는 바구니. 4월 16일의 물소리도 들어 있다.

진실을 잘 듣는 큰 귀 속에 사는 아름다운 것들이 있다. 결코 잊히지 않는 것들이.

꽃, 바다*
—故 김관홍 님의 아내 김혜연 님께 드립니다

꽃
바다

어린 왕들은 돌아오지 않았다

그들을 구하려고 몸과 영혼을 통째로 물에 던졌던
그녀의 지아비도 돌아오지 않았다

그녀는 매일 밤 그녀의 아이들의 눈을 들여다본다
깊은 바닷속 같은
그녀의 지아비의 마음처럼 맑은 눈

그녀의 지아비가
어린 왕들을 안고 그 눈 속의 바다에서 떠오른다

그녀는 그 바다에 가만히 꽃을 뿌린다

꽃
바다

* 꽃, 바다: 〈꽃, 바다〉는 세월호에 탔던 어린 생명들을 구하기 위해 몸을 던졌고, 그후 우울증으로 세상을 떠난 고 김관홍 잠수사님의 아내이신 김혜연님이 경영하는 꽃집 이름입니다. 김혜연님의 허락을 받아 시의 제목으로 사용했음을 밝힙니다.

죽은 어린 왕들

바람은 불지 않았다
비만 내렸다
하루 종일
한 달 내내
일 년 내내
        .

            .

                .

                    .

                        .

                            .

                                .
천 년 내내

갤럭시가 돌아눕는 소리가 들렸다
투둑
핏줄의 창문에 들이치는
어린 왕들의 부름

밤에 손가락들이 하늘을 향해 날아갔다

갤럭시가 다시 돌아누웠다
손가락들이 거대한 하프를 연주했다

빗방울이 대지를 때린다
스. 타. 카. 토. 로.
절대적 현존의 무게로

땅 전체가 울린다

눈물이 창공과 함께 갔다

어린 왕들의 손가락 뼈들과
랭보의 높이 잘린 오른쪽 다리[*]를 지나
예은^{**}의 신발 한 짝을 지나
원효대사의 관음보살의 신발 한 짝^{***}을 지나

머무는 눈물
내 몸 안에
아니다
파고들어
피 흘리는 눈물
내 몸 안에
사령부를 차린 눈물
천막을 치고 머물며
하늘의 언어를 하달하는
눈물, 천사, 하느님, 예수님, 부처님, 어린 왕들

카라반은 석양 무렵에 떠났다
커피나무 잎사귀들이 윙윙대며 흔들렸다

햇살이 바다와 함께 갔다^{****}

눈물이 창공과 함께 갔다

죽은 아이들

그해 여름 아름다운 사람들 여럿이 세상 밖으로 걸어 나갔다

견디기 어려운 뜨거운 햇살이
우리의 영혼 밑바닥까지 잔인하게 내리꽂혔다

그러나 떠난 이들이 우리의 생을 읽어
전해 준 진실함과 깊은 언어가
우리의 깊고 어두운 동굴의 물 위로
한 방울씩 흘러내렸다

오, 천 년 전과 천 년 후의 서늘함이여
생 안에서도 생 밖에서도 읽히는
깊고 맑은 눈물이여

우리는 그 눈물 안에 당신들을 붙잡고 있다

사람이었으므로 슬프고 사람이었으므로 아름다웠던 이들
이여

생을 건너는 일은 아프다

그러나 그 아픔이 우리를 눈물 안에서
투명하게 결정화한다

눈물 안에서 우리는 깊은 생을 얻는다

기억의 눈물방울 하나

먼 곳에서 아니다 아주 가까운 곳에서
내 피부 밑에서 핏줄 안에서
그러므로 우주의 한 단단한 줄기 안에서
폭발한다

보았고 들었고 겪었고 기다린 눈물방울 하나
울고 몸부림치고 노래하고 춤추며

증언하는

금강석처럼 단단한 눈물방울 하나

"기억이 나지 않는 자들"의 썩은 대가리를
세게 후려치는

우리는 그 기억의 눈물 한 방울을 들고

물살이 센 역사의 강을 건넌다

그 안에 빠져 죽는 건 기억하는 자들이 아니다

"기억이 나지 않는 자들"이다

저어하라 폭풍의 시간이 다가온다

어린 왕들에게 갔다

어린 왕들에게 갔다
죽어서 떠밀려 온 순결한 아기들

지옥 바닥에서 내 추하고 늙은 살이 떤다
무력한 늙은 저항자가 목쉰 소리로
울부짖는다 그래 죽여라
천 번이든 만 번이든 죽어 주마

힘과 돈을 틀어쥔 세계의 수많은 왕들아
어린 왕들이

있다 언제나 너희의
두꺼운 심장을 두드리며
죽어 가는

별의 아기들이 있다

날개

날개에서는 이제 더 이상 피 냄새가 나지 않는다
날개에서는 이제 삶이 읽히고 읽히지 않는다
날개에서는 시간이 보이고 보이지 않는다

날개는 자신의 운명을 골똘히 들여다본다

다른 형태를 향해 시간의 접점들을
세심하게 탐색하는 눈빛이

느껴진다

무엇을 더 말해야 할 것인가
그것에게 어떤 힘찬 형식을 주어야 할까
진실이 점점 머나먼 소문처럼 멀어지는 시대에

마을은 아직 어둡지만

마을은 여전히 어둡다

그들을 물속에 밀어 넣어 죽인 자들이
지금도 그들을 모욕하며 거짓의 혀 위에 또 다른 거짓의
혀를 얹는다
거짓으로 연명하는 그들을
부자들, 법관들, 말의 장사치들, 선생들이 줄줄이 에워
싸고 있다

나는 어린 왕들을 따라갔다
그들의 순결함과 슬픔과 무력함을 따라갔다

마을에는 다른 바람이 불어오기 시작한 듯하다
조금씩 덜 슬퍼지는 바람이
기다림은 여전히 무력하지만
거짓 혀들이 조금씩 갈라지고 흔들리고
자신의 거짓과 모순에 목 졸리기 시작한 것이 느껴진다

아카시아가 피기 시작했다

>

또는 슬픔과 절망을 영혼 깊이 내리꽂아 꽃피우는 우리
의 기술이

역사를 얻기 시작했다

기억의 칩을 심어 둔 손

그때 그 손을 나는 기억한다
그것은 아주 찬찬히 내 피부 밑에
오래된 기억의 칩을 심어 두었었다

아마도 뼈와 살 꼭 가운데쯤에

그 손은 오랫동안 내 몸을 돌아다녔었다
나는 그걸 뚜렷하게 기억하고 있다

살은 변덕스럽고 뼈는 고집스럽다
그래서 아마 그 손은 좋은 장소를 찾기 위해
그렇게 내 몸 전체를 뒤지고 다녔을 것이다

나는 그 장소가 어디인지 모른다

다만, 바람이 불거나, 눈이 오거나, 비가 내리거나,
아니면 문득 도시가 까마득히 먼 곳으로 떠밀려 가는 날

무수하게 많은 눈동자들이 내 몸속에서
갑자기 빛을 발하기 시작한다는 것을

그리고 그 빛이 무엇인가 강렬한 말을 한다는 것을 알 뿐
이다

그 빛은 물에 젖어 있다 그 빛은 어둠에 젖어 있다
그 빛의 말은 살의 비참을 참을성 있게 껴안고 있다

나도 손을 뻗는다 어둠의 어느 지역에서
네가 솟아 나올지 모른다 다만 너를 만나기 위해서
내 삶은 비참을 견디었다 무수한 기억들의 칩 속에

고요히 웅크리고 있는 너, 너들, 천사들

봄, 천사들

그 애들이 조심조심 다가왔던 것을 나는 알고 있다
늘 하늘과 땅 사이 텅 빈 시야를 통해서였다

내가 그 애들을 보았던가, 그랬던가, 아니면,
내 영혼이 깜냥껏 알아본 하느님의 텅 빈 길에서
어떤 다른 존재들을 한없이 갈망하여
불러냈던가 간절히

시간은 시간의 끝을 통해 들어오고 또다시 흘러 나갔다

나는 숨죽여 울었다
세계가 너무나 슬펐다

그사이에 그 애들은 내 곁을 말없이 스치고 지나갔다
사랑의 말은 늘 침묵이다, 라고 그 애들이 말없이 말했다

민들레의 결이 갑자기 예민해졌다
민들레의 그림자는 더욱더 예민해졌다

바람, 스치고, 지나가고, 머물며, 있다

빛의 베일이 너울거렸다

나는 눈을 감고 보았다

팔을 뻗어 본다
나비처럼 조용히 날아와
물방울처럼 맑게

탁 탁 터지는 혼들

내 영혼의 핏줄을 북북 긋는 현 소리가 들린다

하늘 전체가 떤다

한참 뒤에 눈을 떠 보면 허공이 아득히 펼쳐져 있다

그래도 아이들이 머물렀던 팔 끝에
남아 있는 향기 그리고
내 귀에 아직 웅웅 울리는 핏줄의 음악

나는 사방에 대고 깊이 절한다

물 밑의 길

물 밑의 길이 보인다
돌멩이 한 개만 옮겨 놓으면
너를 그 길로 들여보낼 수 있을 것 같다

사막의 길에서 죽어 파묻힌 네가
물질의 영을 수없이 충동질해서
부서진 손가락 끝으로 기어이
바닥으로 바닥으로 순하게
지구의 심장을 향해 흘러왔구나
수천 년 피들이 흘러 모여
썩지 않고 흘러 맑게 모여
스스로 착하디착하게
투명하게 해원解怨한 그곳

내 눈에 자꾸 그곳이 보인다

그 해원의 평평한 강바닥 아래 길이 있는 것을
누가 모르겠는가, 하지만, 나는 어떻게
저 마지막 돌멩이를 사람의 이름으로
책임 있게 들어 올릴지 알지 못한다

우주의 길은 힘을 숭앙하는 자들이
연년세세 현실과 돈의 먼지로 꽉꽉 뭉쳐 놓은
증오의 덩어리들로 막혀 있다
내 아가, 죽어 내 안으로 쑥 들어온 내 아가
너를 어떻게 그 길로 들여보낼지
나는 알지 못한다

시간의 빛은 세계 위를 떠돌고 있다

오랫동안, 고독과 치욕으로, 무력한 분노로 떨면서
내 아가, 어미는 너를 위해 울었다,
아니다, 아니다, 나를 위해 울었다

그러나 어느덧 기도는 순해졌구나
네 얼굴을 기억하고 있다는 것만으로도
어미는 운명에 순명할 힘을 얻는다

물방울 한 개에 대하여

물방울 한 개
가슴 밑에 걸려 있다
아슬아슬 버티는
극대의 표면장력의 힘으로

이것이 무엇에 관계된 것인지
정말 잘 모르겠다

슬픔이기도 하고
치욕이기도 하고
부적응이기도 하고
분노이기도 하고

그런데 그 물방울은 보다 더 흔히
가치를 벗어나 있다
근원적 물질에 대한 예감인
기지인 미지의 물질

심장은 자꾸 커진다
그럴수록 그 물방울도

가슴 밑에 상존한다
달리 말하면
악착같이 다른 피가
되려고 한다

아마도 무심의 피
이 생에서는 죽어도 익숙해지지 않을
죽고 싶을 만큼 낯선 다른 피

가슴은 늘 터질 것처럼 뛴다
그 물방울이 가하는 압박 때문에
그 물방울의 확실한 모욕과 불확실한 영예 때문에

어린 왕들의 흰 뼈

우리는 어린 왕들을 따라간다

어린 왕들은 즐겁게 재재거렸다
생의 환희가 그들 옆에 있었으므로
순결한 희망이 그들의 왕관이었으므로

그때갑자기

무 슨일 인 가 일어 났 다
그 때도몰 랐 고지 금 도모   른다
아 무 도 말 해주지않았   다지금도안 해준다

어린 왕들을 구해야 할 책임이 있는 여촌장 도
진실을 전해야 할 말 의 분 배자 들도

어린 왕들은 물에 빠져 죽었다

말은 맥 락을 잃고비 틀 걸 ㅣ ㄴ ㄷ ㅏ
어린왕들과함께진실도

>

ㅈ ㄱ었ㄱ ㅣ 때무니다

거짓 이 진실 ㅇ ㅣ ㄴ ㅊ ㅔ 하는 도ㅇ 안
여촌장이 7시간이나 어디론가 가 버 ㄹㄴ ㄷㅇ
어린 왕들은 물에 빠져 죽었다

우리는 울면서 어린 왕들을 따라간다
우리의 눈물은 무력하며
구역질이 날 정도로
비루하다
그래도 우리는 진실을 요구한다

우리는 어린 왕들의 흰 뼈 곁에 있다
어린 왕들이 길을 떠났다

길은 오래전에 지워져 잘 보이지 않는다
길이 있었는지조차 가끔은 기억나지 않는다

해가 뜨지 않는 날이 점점 더 많아진다

\>

그래도 어린 왕들은 줄곧 걷는다

"우리 안에서 불어 올라오는
진실에 대한 열망의 바람만 간수하면 돼.
그것이 길을 발명할 거야"

바깥에서 모래바람이 하루 종일 윙윙대며 분다

어린 왕들은 포기하지 않는다

사실 이 길은 안으로 나 있는 길이다

오후, 긴 그림자, 문득

길을 걷다가 돌멩이에 부딪쳤다
주저앉아서 돌을 뒤집어 본다

이승의 빛이 빠르게 돌 위로 지나간다

스치듯

천년쯤 된 슬픔이 돌과 나 사이에서 솟아난다

돌을 놓아두고 다시 일어선다

돌아보니 돌은 벌써 없다

오후

그림자가 길다

오월 햇살 아래 핏방울

오월 햇살 연두잎들 사이로
내가 생애 안에서 매일 첫날인 듯이 보는
아득한 그리운 눈부심

아래

피멍 든 영혼들의 울음소리
지축을 흔들며 들이닥치는 군홧발 아래에서
짓이겨진 찢어발겨진 육체들의 비명

연두잎 아래로
핏물이 듣는다 똑. 똑. 똑. 똑.
언제나 현재형으로

나는 그 비명을 듣는다 매일 세상의 첫 시간에

오월 햇살을 들고 그 핏방울들 아래 선다

우주는 언제나처럼 말이 없다
나는 단호하게 요구한다

\>

"우주여, 아가리를 열라"

시간은 지나가지 않는다

햇빛은 고요하게 고여 있다

나는 천년의 햇빛이 세상 첫날의 햇빛이
말하는 소리를 들었다

"너희의 말이다. 너희의 운명이다.
너희가 정하라."

나는 오월 햇살과 핏방울을 동시에 숙고한다

진공 공간

그대들이 그림자를 거느리고 왔다
창백한 죽음의 얼굴

나는 미친듯이 기뻤다

나는 정신없이 그대들의
그림자를 향해 달려갔다

쇠로 된 풀이 쑥쑥 자란다
언제나 단번에 커 버리는
단단한 풀
공간은 속수무책 마구 잘린다

신성한 적의
잠재된 살육

난 비명을 질렀다
난 당신들을 너무나 잘 알아!
당신들은 그 누구도 닮지 않았어!
아, 미친듯이 살고 싶어!

하늘은 이미 답을 보냈다

처참한 모든 거짓 위로 첫눈이 내린다

고요 속에서 빛나는 광채

눈은 덮으며 꿰뚫는다

오래 참는 자들의 긴 기다림을
하늘은 알고 있다

오래전에 이미 하늘은 답을 보냈다

챙챙 울린다, 햇빛!

햇빛에는 갈고리가 달려 있다.

그것은 내 몸속으로 날렵하고 매끈하게 들어와 핏줄 하나를 낚아챈다.
솜씨 좋은 햇빛!

나는 허공에 대롱대롱 매달려서 내려다본다.

엎어진 배 엎어진 시간
돌아오지 않은 아이들

바닷바람 울며 지나간다.

4월 여전히

내 핏줄에서 피가 뚝뚝 떨어진다.
햇빛에도 불구하고

천년의 크리스탈이 필요해.
나는 그게 어디 있는지 안다.

그걸 끄집어내는 방법도 안다.

그런데 어떻게 써먹어야 하는지는 모른다.

딱 한 군데, 그 쓰임새를 알고 있기는 하다.

쓸쓸함을 바가지로 퍼먹어야 하는 것이 문제지만……

나는 나에게 묻는다:

"견딜 수 있니?"

나는 답한다:

"응, 얼마든지."

그러나 쓸쓸함은 어쩔 수 없다.

그러나 그것마저 여읠 때가 올 것이다.

문득.

푸른 나뭇잎을 기억하는 가시 돋친 눈물

허공에서
푸른 나뭇잎이
떨어졌다

천 년 전에 가슴속에
쟁여 둔
우리의 눈물도

툭 떨어졌다

바람이 분다 많이 분다
미친년 머리카락처럼 어지럽게 분다

우리는 살아남았다
설명되지 않은 죽음이
우리의 심장을 쇠꼬챙이로 후벼 판다

떨어진 눈물은
떨어진 나뭇잎을 껴안고
몸부림친다 받아들여지지 않는 죽음이

아가리를 벌리고 우리를 향해 달려든다

눈물에서 천만 개 사나운 가시가 돋아난다

하늘이 찢어진다 우리의 영혼도 발기발기 찢어진다

갈 곳이 없다 이곳은 지옥이다

그러나 우리는 살아남아 싸울 것이다
사납고 대차게 싸울 것이다

푸른 나뭇잎은 떨어지지 않았다
그건 가시 돋친 눈물의 폭포 위로
솟아올랐다

어린 왕의 뒷모습

쓸쓸함이 쓸쓸함의 머리카락에
꽃을 한 송이 달아 주었다

멀리 절룩거리며 걸어가는
어린 왕의 뒷모습

진실이 스스로 힘이 되는 시간

시는 눈물로 솟구친다
시는 분노로 떤다

그러나 시는 진실과 함께 고요하다

바다 밑에서 잘린 혀-창들이 올라온다
두려워하라
진실이 스스로 힘이 되는 시간이 온다

햇빛이 된 아이

고요하다

탓 탓 탓 탓

햇빛 물속에서 달리는 소리

들린다 보인다

천 년 동안 바람에 얻어맞아 넝마가 된
엄마의 마음이 물속 깊이 가라앉았다

햇빛이 된 아이는 그 마음을 안고

물속을 달린다

탓 탓 탓 탓

모든 악의를 모든 비겁함을 모든 거짓을
걷어차면서

>
그들의 썩은 대가리에
숯불을 한 바가지씩 퍼부으면서

아이는 달린다 깊은 물속
고요한 천 년의 고독을 뒤흔들면서

해 설

'시인', 창조하는 자로서의 고귀한 이름

박성현(시인)

1

결론부터 말하자. 김정란 시인이 만들어 낸 이 모든 서사
는, '고마'(곰의 옛 표기)를 숭상했던 반도 사람들의 심장과 목
구멍 깊숙이 감춰진 고백에서 시작한다. 그리고 헤아릴 수
없을 만큼의 '돌출'과 '반목'과 '단절'과 '이어 붙임'을 통해 그
'서사'는 우리의 내면에 적확한 지도와 궤적을 그려 낼 것이
며, 현실과 뒤섞여 신화적 모티프로서의 집단적 환상을 이
끌어 내고 그것이 다시 현실에 안착하는 방향으로써 수많은
진리-효과를 산출하게 될 것이다.

이러한 결론을 예기豫期할 수 있는 까닭은 언어와 현존재
의 작용 방식에 기인한다. 언어는 공동체의 이념을 표기하

면서도 그 공동체가 전혀 사유할 수 없었던 새로운 방식의 '사유'를 창안한다. 체계를 여전히 유효한 프레임으로 고수하는 언어가 있는 반면, 그 '체계'로부터 빠져나온 언어도 있다(우리는 전자를 지배–언어로, 후자를 혁명–언어로 부른다). 특히 후자에 해당하는 언어의 지각변동은 (바디우적 맥락에서) 하나의 '사건'으로 나타나며, 우리는 그 '사건'을 통해 존재를 바라보는 모든 선입先入을 돌려세운다. 요컨대, 존재 일반을 진리로써 기입하는 절차와 그에 대한 설계가 언어의 새로운 나타남에 근거하여 역사와 전승은 그 근본에서부터 바뀌게 된다.

물론 이것은 일종의 가능–영역에 해당하기 때문에, 그 전모를 섣불리 예단할 수는 없지만 시인의 언어가 지배–언어로부터의 철저한 감산(빠져나오기)의 결과라는 점은 부정할 수 없다. 이러한 현상은 이미 「시인의 말」에서부터 돌출한 것으로, 그는 자신의 언어로써 분절한 서사들을 통해 우리 사회의 오염되고 표류하는 말들을 재배치하겠다는 막중한 선언에 돌입한 것이다. "높이 들어 올려진, 우리가 지금은 갈 수 없는, 그러나 언젠가 갈 수 있을지도 모르는 이곳과 저곳의 시적인 상징적 기슭이다"라는 「시인의 말」을 되새겨 보자. '썩은 언어', 혹은 '진실을 전하지 않은 언어'를 가려내어 그 시작에 기생하는 기만과 위악僞惡을 뽑아 내고 '진리'의 성채로서의 '시詩'를 우리에게 다시 각인하겠다는 의지를 읽을 수 있다.

이 '의지'는 주체로서의 충실성이라는 이념의 소산이므

로, 시인이 산출한 언어들의 표면이나 심층 어느 곳에서도 체계로부터 필연적으로 탈영토화되는 막강한 힘을 뽑아낼 수 있다. "시는 눈물로 솟구친다/ 시는 분노로 떤다// 그러나 시는 진실과 함께 고요하다// 바다 밑에서 잘린 혀—창들이 올라온다/ 두려워하라/ 진실이 스스로 힘이 되는 시간이 온다"(「진실이 스스로 힘이 되는 시간」)라는 시적 선언은 예의 '기슭'에 대한 사유의 창발創發과 정확히 일치한다. 또한, 이 시집의 대단히 중요한 알레고리를 점층하는 작품 「대홍수를 기다리며」에 명확히 나타나는 바와 같이, 현실의 위악—"거짓말이 거짓말을 낳고/ 낳은 거짓말이 거짓말의 알을 낳고/ 거짓말의 알은 그들의 썩은 대가리 부화장 속으로 들어"가는 이 "거짓말의 무한 증식"—을 한꺼번에 말소할 '대홍수의 시간'도 우리가 '기슭'을 이해하고 그곳에 가닿기를 갈망하는 순간에서 비롯된다.

2

본격적으로 시를 읽기 전에 한 가지 중요한 사실을 참고할 필요가 있겠다. 김정란 시인의 문장을 통할하는 규범과 심급은 바로 이 세 문장으로부터 확정된다; "우리는 징조를 부른다/ 아니다 징조를 창조한다"(「대홍수를 기다리며」). 부르는 것이 아니라 창조하는 것으로서의 '징조'는 비로소 진리를 확증하는 주체의 당면한 '현실'로 변형되며, 동시에 삶의 주인으로서의 실존을 더욱 공고히 한다. 무엇보다 '징조의 창조'는 운명의 주체적 일어섬이며 사유와 감각의 고유한 활로로써 작용한다.

시인은 이를 분명히 하며 다음과 같이 노래한다. "너희의 말이다. 너희의 운명이다. / 너희가 정하라"(「오월 햇살 아래 핏방울」) 혹은 "우리 안에서 불어 올라오는/ 진실에 대한 열망의 바람만 간수하면 돼. / 그것이 길을 발명할 거야"(「어린 왕들의 흰 뼈」), "나는 억압된 말들 사이를 걷는다/ 그리고 우리가 숲 사이에/ 인간의 길을 내 왔음을 기억한다// 빛은 어디 있는가/ 빛은 언제 오는가// 상관없다 우리가/ 빛을 발명할 것이기 때문이다"(「숲, 길」). '운명'과 '길', 혹은 '빛'으로 표상되는 '진리'는 객관적 사실로서 단지 우리에게 다가오는 것이 아니라 그것을 확증하는 주체에 의해 선언되고, 창조되며 발명되는 능산적 활동임을 시인은 분명히 한다.

3

한 걸음 더 나아가 보자. 우리는 진리를 향한 시의 '능산적 활동'의 적합한 예를 「개마고원」에서 발견할 수 있다. 요컨대, '고마'(곰)는 개마고원의 '원-이름'이자 웅녀가 끊임없이 상기하고 복원하는 '고마높은평원'—오직 '웅녀'만이 마주할 수 있는—의 '원-형상'인 바, 우리의 사유 안에서의 개마고원에 관한 모든 준거들은 이로부터 파생하고 탐색되며

'전미래시제'로 선취된다. 여기서의 '파생'과 '탐색', '선취'의 전 과정은 '징조'를 이끌어 내고, 사실로서의 대칭이 가능하도록 만드는 작인作因이다—이것이 김정란 시인의 문장이 서정과 선언의 극단을 넘나드는 이유다. 「개마고원」의 도입부는 이러한 과정을 명확하게 드러낸다. 선언과 창조(발명)를 중심으로, 파생과 탐색, 선취를 거치면서 자본주의의 물신物神을 걷어 낸 사물의 '원-이름'과 '원-형상'은 새로운 진리 절차로서 재-탄생한다.

> 원래 이 고원의 이름은 '고마고원'이다. 그것은 이 땅의 어미인 나, 고마였다가 사람이 된 나 고마부인(웅녀)의 이름을 따서 지어진 이름이다. 처음에는 고마높은평원이라고 불리다가, 한반도에 살고 있는 나의 후손들이 나의 존재를 까마득하게 잊어버리면서 이 이름의 기원도 잊힌 것이다. 이곳이 워낙 높아서 하늘 덮개 같으므로 사람들은 '고'와 발음이 비슷한 '개蓋'를 한자에서 가져오고 거기에 마馬 자를 붙여 부르게 되었다. 넓고 평평한 고원의 등이 하느님이 타시는 말의 등처럼 느껴졌기 때문인지 어떤지 잘 모르겠다. '고마'는 나중에 '엄마'라는 말로 변했다.
>
> —「개마고원」 부분

한반도 공동체에게 '고마'는 '곰'에게까지 닿는 아득한 이름이다. 웅녀는 '고마부인'이며 고조선을 연 단군의 어머니로서 '고마높은평원'으로 추앙되기도 했다. 다만 하늘 덮개

170

같은 '고마'의 이름과 형상은 '개蓋'에 닿으며 먼 훗날 '개마고원'으로 변형된다. 후손들이 '고마'의 존재를 까마득히 잊어버린 까닭이다. 하지만 시인은 이를 창조적으로 내면화한다. 의미를 급격히 단절시킨 시인은 순전히 시인 자신의 개연성으로부터 '고마'와 '개蓋'의 연관을 추적했으며 이를 확증하고 그 연관을 새롭게 이어 붙이며 다음과 같이 선언한다: **"원래 이 고원의 이름은 '고마고원'이다."**(강조는 필자) 이후의 작품들은 이 선언의 유려한 흐름들을, 곧 없음으로서의 '태초'와 쌓아올림으로서의 '형성', 그리고 이어짐으로서의 '지속'을 산출한다. 바디우가 얘기했듯, 시인의 내부에서 '시인' 자신과 '고마부인'의 창조적 만남이란 '둘'의 '기원적인 힘'이면서 '사랑의 힘'이고, 문장의 숭고한 생성처럼 실제로는 측정될 수 없다.

개별 문장들을 통해 이 사태를 일괄해 보자. "밤은 천년의 향기를 뿜었고, 검은 장미 꽃잎들에는 금빛 테두리가 둘러져 있었다. 하늘도 바다도 산도 너무 많이 있었고 동시에 하나도 없었다. 천사들이 악마들의 꼬리에 불을 붙였다. 악마들은 낄낄대면서 은하계를 쑤시고 돌아다녔다. 공기가 깊이 떨었다. 한 생애만큼 깊이. 우주는 몇 번씩이나 폭발하고 다시 생성되었다"(『개마고원의 꿈』)와 같은 **'태초'**는, "그러니까// 말하자면// 햇빛이 터진다// …(중략)…// 햇빛은 햇빛 안에 햇빛 밖에 햇빛 사이에 햇빛 아래/ 있다 없다 또는 있고 없다// 내 뼈다귀와 네 뼈다귀가/ 뼈다귀와 뼈다귀 사이가/ 타닥타닥 불타기 시작했다// 개마고원으로 날아간

다/ 내-네 뼈다귀 비에 오래 씻긴 흰 뼈들"("개마고원으로 날아
가는 흰 뼈들』)이라는 '**형성**'으로써 "투명하게// 공기를 지나//
내 정수리에 팍 꽂힌다// 내 머릿속 어딘가에 남아 있던//
절망의 알갱이// 그 햇빛 화살을 맞고// 탁// 터진다// 아//
살아 있구나"("겨울 햇살』)라는 (아들로 이어지는) '**지속**'을 산출한
다. 요약하면, 김정란 시인은 앞서 언급한 파생, 탐색, 선
취의 세 과정을 태초, 형성, 지속의 세 절차로써 대칭하며
기존 서사의 붕괴를 촉진한다. 그리고 그것이 비로소 '붕괴'
한 자리를 기념하며 진리를 창조적으로 새로 쓴다. 「개마고
원』을 둘러싼 서사가 단지 고대 국가의 탄생에 머무르지 않
고, 누대를 거쳐 현재로까지 이어지는 것은—후술하겠지만
'고마부인'은 '어린 왕'에 닿는다—전체를 아우르고 통할統
轄하는 시인의 올곧은 정신일 것. 그런데 이러한 경향은 고
구려의 시조인 동명성왕의 어머니 '유화부인'이나, 8세기
초에 유행한 향가 「헌화가獻花歌』와 「해가海歌』의 배경 설화인
'수로부인' 다시 쓰기에서도 찾을 수 있다.

하지만 이 '다시 쓰기'는 전에 없는 재-창조로서의 일관
성을 가지며 우리를 뒤흔들게 된다. '태초' '형성' '지속'의 시
퀀스를 유지하면서도, 또한 이를 대칭하는 '파생' '탐색' '선
취'의 절차를 남겨 놓으면서도 시인의 서사는 '지금-여기'
라는 리얼리즘의 핵심을 이끌어 내며 「개마고원』과는 다른
길을 향한다.

버드나무 천녀 유화는 자기 몸에서 버드나무 잎을 훑어

내서 버드나무 잎사귀 배를 만들어 아들 주몽을 그 위에
태워 보내며 말했다.

"물길을 따라가거라."

주몽은 어머니의 가르침을 따랐다.
그는 어머니의 물길을 따라갔다.
그러나 1980년 5월 물길은 핏길이 되었다.
전두환과 그 일당이 조선일보의 찬양을 받으며
물길을 총검으로 푹푹 찔렀다. 피와 시신이
물 위에 둥둥 떠올랐다.
　　　　　　　　—「버드나무 천녀天女 유화柳花의 물길」 부분

　시인이 주를 단 것처럼, 이 시의 도입부는 만주족 시조모
'불다마마'와 아들 '포고리옹순'의 이야기를 빌려 와 등장인
물을 고구려의 시조모 유화柳花와 동명성왕의 이야기로 바
꾼 것이다. 물론 만주족 신화를 차용했다 해서 서사의 본
질이 바뀌는 것은 아니다. '불다마마'는 만주족 시조모신인
'푸투마마(柳媽媽)'와 동일인으로 이름에 있어서 유화부인과
의 막역한 근친성을 갖고 있음을 잊지 말자. 하지만 시인이
이 같은 근친성을 작품에 중요한 축으로 놓은 이유가 또 있
다. "아들을 버드나무 잎 배에 태워 보낸 불다마마도, 금와
의 박해를 피해 아들을 말에 태워 보냈던 유화도 아들들이
역사의 기원을 향해 가는 것을 알았을 것이다"라는 진술에

분명히 나타나는 것처럼, 지배자들의 지옥은 그때나 지금이나 다를 바 없다.

주몽은 물길을 따라가라는 말에 순종한다. '어머니의 물길'은 허리춤까지 차오르거나 사람의 키를 훌쩍 넘기기도 했다. 발목을 적실 정도로 순한 물길도 있었지만, 목숨을 걸어야 할 만큼 거센 여울도 있었다. 1980년 5월, 반도의 남쪽을 지날 때 주몽은 온몸에 시뻘건 피 칠갑을 하고야 만다. 예고도 없이 찾아온, 그야말로 '핏길'이었다. 폭설의 한가운데를 지나는 듯한, 지옥과 같은 고난은 신군부가 저지른 민간인 학살이었다. "전두환과 그 일당이 조선일보의 찬양을 받으며/ 물길을 총검으로 푹푹 찔렀"고, "피와 시신이/ 물 위에 둥둥 떠"오른 것이다.

그런데 주몽은 살육의 원흉인 전두환이 이상하리만치 낯설지 않다. 그가 항상 보아 왔고 맹렬히 싸웠던 권력의 민낯이 거기에 있다. 그는 자신의 고난을 짊어질 때와 마찬가지로 참혹한 주검과 검은 피, 그리고 권력에 눈먼 자들의 흉악한 폭정을 지나는 것이다. "총이 발사되었다 총검이 저항하는 어른들은 물론 어린 소년들과 소녀들까지 죽였다 사람들이 픽픽 쓰러져 죽고 그들의 몸은 암매장되었다"(「나는 나무들 뒤에 있다」)는 진실은 "천 년 전에도/ 천 년 후에도// 달라진 것은 아무것도 없다/ 힘을 행사하는 방식이 교묘해졌"(「숲, 길」)을 뿐이다. 주몽은 '부엉이 바위'로 향하면서 한 시대의 상징을 뼈저리게 느끼기도 하고(「통곡은 표효가 될 것이다」), '어린 왕'들의 손을 잡고 통곡하다가도 그 '절대적 현존'

의 이념을 되새길 것이다(「봄, 천사들」). 그는 이렇게 분산된
다. '고마부인'이 감싸 안은 한반도의 무수한 민중들처럼,
그의 분산은 산발적이면서도 뚜렷하고 높낮이가 없으며 또
한 모든 사건에 개입한다. 바람보다 먼저 눕고 바람보다 먼
저 일어서는 끈질긴 잡초의 원초적 생명으로서!

> 풀은 누웠다가 다시 일어난다. 또 누웠다가 또다시 일어
> 난다. 어느 시점이 되면 일어나는 풀의 힘이 법전을 거꾸
> 로 든 자들과 확성기를 든 멧돼지의 힘보다 강해질 것이다.

> 풀의 엽맥葉脈은 칼을 닮았다. 그것은 거짓을 잘 베어
> 낸다.
> ―「진실은 가물가물 연약한 싹을 언 땅 위로 밀어 올린다」부분

고마와 유화, 그리고 수로를 거치면서 '주몽'은 하늘이 내
려앉는, 가장 낮은 수평이 된다. 풀은 누웠다가 다시 일어
난다. 그렇다. 또 누웠다가도 다시 일어난다. 어느 시점이
되면 일어나는 풀의 힘이 법전을 거꾸로 든 자들과 확성기
를 든 멧돼지의 힘보다 분명 강해질 것이다. 이것은 염원이
나 바람이 아니다. 전미래시제로서, 이미 우리가 역사와 전
승을 통해 수도 없이 겪어 온 봉기와 혁명의 모습이다. 그
렇다. "풀의 엽맥葉脈은 칼을 닮았다. 그것은 거짓을 잘 베
어 낸다". 그리고 이것이 김정란 시인이 치밀하게 개입하는
'이름'의 이정표다.

4

그러므로 이 시집을 이끄는 서사는, 수만 년이 넘도록 흐름을 끊지 않는 '압록'이 한반도로 흘려보낸 '장진'과 '부전', 그리고 '허천'을 딛고, 또한 함경산맥과 낭림산맥을 바람막이로 삼아 굳세게 융기한 고원의 숭고한 '이름'이다. 이름에 붙박인 수많은 사실들의 삶이고 생활이며, 누대에 걸쳐 조금씩 다르게 적혔지만 그 명맥은 결코 소진되지 않았던 '옛날'과 그 '기원'이기도 하다. 그것은 오로지 시인이 부여한 개연蓋然으로서의 도원桃源이면서 동시에 현실에 개입하는 '언어'로서 '진리'라는 불가해한 이념을 일으켜 세운다.

시인에게 '이름'이란 적어도 수많은 서사의 집약이자 함축이고, 그 압화押花된 시간들이 만들어 내는 '서사의 출몰 장소'라는 점에서 그것은 무한에 가까운 여백으로 수렴된다. 오로지 이 '없음'에 가까운 '여백'을 통해 '선입'은 까마득히 물러나며, 언어 내부로부터 생산된 작인作因을 얻을 수 있다. 그렇게 기만과 위악의 종언을 위해서 우리의 언어는 순전히 파괴적이어야 한다. "분노를 맑게 걸러 내어/ 힘으로 만들 수도 있"어야 하며, "눈물 한 방울로 세계를 관통할 수도 있"(『나는 눈물 한 방울로』)어야 한다. 다시 말해 '촛불'이라는 순수한 힘으로써 세계를 웅변해야 한다. "쇠로 된 풀이 쑥쑥 자란다/ 언제나 단번에 커 버리는/ 단단한 풀/ 공간은 속수무책 마구 잘린다// 신성한 적의/ 잠재된 살육"(『진공 공간』)을 무력화시키기 위해서는, 또한 "언제나 너희의/ 두꺼

운 심장을 두드리며/ 죽어 가는// 별의 아기들"(「어린 왕들에게
갔다」)을 되살려 내기 위해서는, 마지막으로 '맑은 눈'을 갈기
갈기 찢어발긴 '이리 떼'에 대항하고 봉기하기 위해서는, 피
를 온몸에 바르고 그 피의 인광으로 번쩍여야 한다. 하지만
그 '피'는 적들의 피여서는 안 된다. 오로지 '맑은 눈'의 어리
고 순결한 피여야 한다.

　　　　우리는 그 피의 빛으로 이리 떼를 노려본다

　　　　밤은 아직 머물러 있고
　　　　이리 떼는 여전히 웅성댄다

　　　　그러나 우리는 알고 있다
　　　　우리가 기어이 그가 흘린 피의 인광으로
　　　　어둠을 뚫어 낼 것이라는 것을
　　　　　　　　　　　—「이리 떼가 물어뜯는 맑은 눈」 부분

'맑은 눈'에 집적된 피의 인광은 진리의 빛이다. 우리는
그 '피'를 뒤집어씀으로 하여, '맑은 눈'의 봉기와 혁명에 동
참하게 된다. 비록 "밤은 아직 머물러 있고/ 이리 떼는 여전
히 웅성"대고 있지만, 그 피와 이어진 주체들은 '맑은 눈'이
흘린 피의 인광으로 "어둠을 뚫어 낼 것"임을 우리는 믿기
때문에, 주체로서의 충실성은 소진되지 않는다. 여기서 '맑
은 눈'이란 모든 '긴급성의 주인'으로서 '주체적인 자기 기술'

과 일치한다. 그리고 우리는 그를 대칭함으로써 헤아릴 수 없는 '맑은 눈'들을 산파한다.

확실히 김정란 시인은 이 능동적인 '산파'를 하나하나 이어 가며 이념의 성좌를 엮고 있는데, 종교적 단순함이나 교조적인 집착 등의 몽매함을 철저하게 감산함으로써 그 과정을 달성해 낸다. 강조하지만, '맑은 눈'은 1부에 배치된 "모든 악의를 모든 비겁함을 모든 거짓을/ 걷어차면서// 그들의 썩은 대가리에/ 숯불을 한 바가지씩 퍼"(「햇빛이 된 아이」) 붓는 아이들의 형상 속에서 '전미래시제'로서 다시 등장한다. 그것은 어둠 속에서 어둠을 걷어 내며 빛을 산파하는 혁명들의 역사적 시퀀스이고 위대한 봉기와 혁명을 경험하고 바로 그 한가운데서 진리의 빛을 찾아 내는 주체화의 결정적 순간이다.

따라서 '맑은 눈'의 이념을 선언하는 우리가 '이리 떼'를 벼랑으로 내몰고 그 위에 작열할 수 있고 또한 아이들이 '숯불'이라는 진리의 형상을 품에서 놓지 않을 수 있는 이유는 '진리'에 대한 주체로서의 강렬한 자각과 그 자각 이후에 반드시 찾아오는 "오래 참는 자들의 긴 기다림"(「하늘은 이미 답을 보냈다」)과 같은 고통과의 동거, 곧 '충실성' 때문이다. 시인은 노래한다. "그러나 우리는 살아남아 싸울 것이다/ 사납고 대차게 싸울 것이다// 푸른 나뭇잎은 떨어지지 않았다/ 그건 가시 돋친 눈물의 폭포 위로/ 솟아올랐다"(「푸른 나뭇잎을 기억하는 가시 돋친 눈물」)고─'맑은 눈'의 피를 뒤집어쓴 채로 존재들을 불투명하고 모호한 잿빛 이중성으로부터 구원해 내는 방법은 이 길 외에는 없다.

> 우리의 눈물에는 가시가 돋쳐 있었다 그건 한 번도 수동
> 적이지 않았다 우리의 눈물은 적극적 이성이었다 그건 잘
> 싸웠다 그날 밤 광장에서 수백만 개의 촛불이 흘리는 이웃
> 의 눈물이 그러했듯이 분노는 골을 파냈고 눈물은 그 위로
> 세차게 흐르며 길을 만들었다
>
> —「잘 싸우는 눈물」 전문

왜 '힘'은 순수해야 하는가. 답은 연대의 조건에 있다. 다시 말해 미약한 개별자로서의 개인이 '우리'로서 확장되기 위해서는 반드시 '연대'의 계기가 있어야 하며, 어떤 의미에서는 이 계기의 순수성을 조건으로써 지속시켜야 한다. 이것이 하나의 '촛불'이 개인의 염원과 충실성을 넘어서고 마침내 "수백만 개의 촛불이 흘리는 이웃의 눈물"로써 끝없이 확장되어 역사에 작용할 수 있었던 배경이 아닐까. 촛불은 하나의 질문으로써 일치했으며 하나의 답을 요구함으로써 앞으로 나아갔던 것이다.

하지만 그 순수한 힘으로서의 '충실성'은 직접적 물음 속에서 증명되어야 한다. 이와 같은 이유로 여백의 검은 장막을 뚫고 솟아올라 온 이름들은 수도 없이 스스로에게 묻는다. 물론 이 물음 진리를 선언한 시인 자신에게 던지는 윤리로서의 질문이기도 하다.

나는 나에게 묻는다:
"견딜 수 있니?"
나는 답한다:
"응, 얼마든지."

그러나 쓸쓸함은 어쩔 수 없다.
그러나 그것마저 여읠 때가 올 것이다.

문득.

         —「챙챙 울린다, 햇빛!」부분

 견딜 수 있냐고 묻는 '나'에게, '나'는 얼마든지 가능하다고 대답한다. 비록 그 대답에 묻은 가을색 쓸쓸함은 어쩔 수 없지만, 그리고 그것마저 여의고 말 때가 있겠지만 '나'의 대답은 한 치의 망설임과 거부감조차 없다. 여기서 중요한 것은 "얼마든지"라는 단어인데, 그것은 주체의 충실성이 가장 완벽하고 은밀하게 서려 있다. 왜냐하면 이 단어에는 '죽음'에 대한 배려조차 없기 때문이다.
 분명 이것은 '이름의 이름에 대한 승리'이기도 하다. 김정란 시인은 이를 철저하게, 끝까지 밀고 나갔다. 그의 이름은 분명하고, 단순하며 품위가 있다. 그의 이름은 명명하는 자의 역사이며 사유이자 행동이다. 이미 우리는 시인의 생활에서, 문장에서, 개별 작품에서 그리고 이 시집에서 그 승리를 향한 집요한 몰아붙임을 보았다. 현실 정치

와 언론의 파렴치함과 그에 대한 분노와 저항도, 설명할 수 없는 죽음이라는 꼬리표를 달아 버린 '세월호'의 불러냄도 김정란 시인은 온몸으로 부딪치며 망각의 늪에 빠지지 않도록 우리의 언어를 '이름'의 맥락 속에, 그 진리의 나타남에 고정한다.

따라서 이름에 붙박인 서사를 끄집어내고, 다른 서사를 찾아내거나 이어 붙이며 그 속에서 '섬광'을 찾아내는 것은 시인이 명명한 그대로 '길을 걷다가 우연히 돌멩이에 부딪히는 것'과 같다. "천년쯤 된 슬픔이 돌과 나 사이에서 솟아"(『오후, 긴 그림자, 문득』)나는 것을 순간 자각하는, 주체로서의 불가해한 일어섬이다. '맑은 눈'의 피를 뒤집어쓴 자들과 숯불을 안고 '달리는 아이들'은 단순히 실존이 결정된 삶의 궤적을 쫓는 게 아니다. 그것은 참된 '이름—을—가진—자', 정확히 말해 '주체'로서 자신의 고유한 삶을 사는 것이다.

5

김정란 시인의 사건에 대한 명명 혹은 이름을 쫓아 그 기원에서부터 개입하는 모든 문장들은 진영의 선택이자 진리의 선언이며, 서사의 시퀀스들이 팽팽하게 긴장하며 몰입하도록 촉진하는, 요컨대 "천년의 크리스탈"(『쟁쟁 울린다, 햇빛!』)의 단순하고 명백한 결정으로 뻗어 나간다. 여기서 우리는 시인의 결정을 '決定'과 '結晶'의 중의적 나타남으로 읽을 수 있다. 전자는 정신의 방향이며 후자는 그 결과일 것인데, 만일 그렇다면, 문장에 나타난 그의 시선은 현재를 딛고 미래를 이끌어 내며, 미래−속−에서 현재를 살피고 재단하며 배치하는 사유와 감각을 집적한다.

바로 여기서 우리는 김정란 시인이 결정한 또 하나의 중요한 사태와 만나게 된다. 그는 세월호에서 무참히 희생된 우리 아이들을 '어린 왕'이라는 이름으로 다시−명명함으로써 '세월호'를 둘러싼 사건들을 〈영구−기억〉으로 각인한다. 이러한 '이름−붙이기'는 사유의 단절과 관점의 전환을 수반한다. 곧 '어린 왕'의 삶을 무한으로 치환하는 바, '유한−존재'로서의 인간이라는 존재−신학적 관점을 폐기하고, '무한−존재'로서의, 죽음을 넘어선 '불사不死'로서의 인간이라는 관점을 선언하고 결정한 것이다. 이 불사의 가능성은 '고마부인'을 둘러싼 사건에서 이미 예견되었다.

물론 현존재는 일정한 시간과 공간 속에서 스스로를 유지할 수밖에 없는 '유한'한 존재라는 것은 부정할 수 없다(그는 죽고 썩어 가며 종국에는 먼지로 변하게 될 것이다). 그러나 '무한성의 권리'로써 윤리를 정초하려는 바디우의 입장을 참조한다면, 다음과 같은 결론에 이르게 됨은 당연하다―우리가 스스로를 '유한'이라는 감옥에 가둔다면 반드시 모호하고 불명확한 '신'의 도래를 가정하지 않을 수 없으며, 때문에 선언과 결정으로서 '불사'(무한)는 현존재를 원래 자리로 돌려놓기 위한 필연적 권리 행사인 것:

빗방울이 대지를 때린다

스. 타. 카. 토. 로.

절대적 현존의 무게로

땅 전체가 울린다

　　　　　　　　　　—「죽은 어린 왕들」부분

　유한에서 무한으로 관점을 이동시킨 '불사'는, '어린 왕'을 '절대적 현존'으로 만든다. 여기서 '절대'는 그것이 신神을 가정한다거나 인간과는 차원이 다른 어떤 존재를 불러내는 단어가 아니다. '어린 왕' 한 명 한 명이 '주체'로서, 혹은 생명이 깃들어 결코 망각될 수 없는 '절대'로서 현존에 대한 자각이다. 이는 '어린 왕'으로 명명된 우리 어린 친구들에 국한되지 않는, 김정란 시인과 이 글을 쓰는 나를 비롯한 모든 현존재의 본질이다. 그것은 계산될 수 없으며 특히 소유될 수도 없는, "오, 천 년 전과 천 년 후의 서늘함이여/ 생 안에서도 생 밖에서도 읽히는/ 깊고 맑은 눈물"(「죽은 아이들」)이 표상하는 '특이성'이다.

　'절대적 현존'은 시간과 공간을 특정하지 않는다. 그는 그곳에 있거나 없으며 좌표를 공유하거나 그렇지 않는다. 시「눈물이 창공과 함께 갔다」에 상징적이고도 압축적으로 나타난 것처럼, 어린 왕들의 손가락 뼈들은 언제든지 랭보의 높이 잘린 오른쪽 다리에 닿고, 예은의 신발 한 짝은 원효대사의 관음보살의 신발 옆에 놓인다. 그것은 하늘의 언어를 하달하는, 이른바 '신탁'이어서 '눈물'과 '천사' '하느님' '예수님' '부처님' '어린 왕'으로 순환한다. 햇살이 바다와 함께 가듯, 눈물은 창공과 함께 가는 것이다.

이쯤에서 우리는 「개마고원」의 중요한 문장, "'고마'는 나중에 '엄마'라는 말로 변했다"는 문장을 이해할 수 있겠다. '고마'는 "수천 년 피들이 흘러 모여/ 썩지 않고 흘러 맑게 모여/ 스스로 착하디착하게/ 투명하게 해원解怨한 그곳"(「물밑의 길」), 우리가 '모성'으로 부르는 생명의 시원이다. 이 '고마'야말로 "꽃들에게 끊임없이/ 사물과 세계를 보는 방식을/ 사랑으로 희망으로/ 막막한 기다림을 낮은 계단으로 삼아/ 위로 치고 올라가는 방식을 가르쳤죠/ 막막한 채로 그러나 지극한 눈물로/ 물을 많이 주"(「둥근 꽃들」)는 '엄마'이며, "그래도 아이들이 머물렀던 팔 끝에/ 남아 있는 향기 그리고/ 내 귀에 아직 웅웅 울리는 핏줄의 음악"(「빛의 베일이 너울거렸다」)을 항시 우리에게 머물게 하면서 생명을 무한으로, 불사로 만든다.

이 사태를 통해 인간은 다시 창조된다(혹은 '발명'된다). 시인은 이를 정확히 체득하고 있으며, '어린 왕'이라는 명명을 통해 '불사'라는 윤리와 이념에 집중한다. "그 길을 따라 올라간 것은 한 천 년쯤 된 일이다 밤에 고요 속에서 어린 왕들의 울음소리가 들렸다"(「나는 어린 왕들을 따라갔다」)는 문장처럼, 그에게 '어린 왕'은 천 년을 넘나드는 불사의 존재가 아닐까. 그리고 이것이 시집 전체가 「개마고원」이라는 웅장한 서사를 중심으로 그 미세한 삶의 빛과 그늘을 방사하는

184

까닭이다.

누덕누덕 기운 거지의 담요를 들고
'그' 언덕 아래
하루 종일 앉아 있었다

황금빛 햇살이 뉘엿뉘엿 저물고 있다
그런데 이상하게도 그때부터
언덕 위 풀이 잘 보이기 시작했다
풀잎과 풀잎의 엽맥葉脈까지
줄기의 솜털까지

미친 듯이 다 보였다
네가 그 풀잎을 들여다보았던 눈빛까지 보였다
네가 그 풀잎을 들여다보느라고
참았던 숨결까지
그리고 저물녘 네 눈에 차올랐던 눈물까지

새벽에 종종걸음으로 달려가던 네 발자국 밑에서
밟히며 아야, 아야, 즐겁게 소리 질렀던 풀잎들까지

해가 산 중턱에 걸렸을 때
랭보의 노새가 어슬렁어슬렁 다가왔다

내가 노새 등 위에

내 거지의 담요를 덮어 주었다

노새 방울 소리가 개마고원까지 건너갔다

—「'그' 언덕 아래」 전문

한 사람이 "누덕누덕 기운 거지의 담요를 들고" 하루 종일 그 언덕 아래에 앉아 있다. 초원을 가득 메운 잡초들은 더없이 부드럽고 바람이 부는 대로 기울어지는 구름의 그림자에는 여전히 온기가 남았다. 황금빛 햇살이 뉘엿뉘엿 저무는 그 시간, 그는 자신의 감각이 무한으로 확장하는 이상한 경험에 노출된다. "언덕 위 풀이 잘 보이기 시작"한 것은 물론이고 "풀잎과 풀잎의 엽맥葉脈까지", 그리고 그 줄기의 솜털에 이르기까지. 사방이 존재의 나타남으로 들끓는 것이다.

그는 "미친 듯이 다 보였다"로 이 뚜렷한 사태를 압축하는데, 이 무시무시한 생령生靈은 사라졌다가 되돌아온 것이 아닌, 이미 그 자세 그대로 거기에 있었던 것이다. "거지의 담요"가 '죽음을 향할 수밖에 없는' 유한성을 함축한다면, 그에게 갑작스레 닥쳐온 감각의 미친 듯한 확장은 죽음을 넘어서는, 불사不死로서의 무한을 상징한다.

그렇다. 그에게는 미친 듯이 다 보였던 것이다. "네가 그 풀잎을 들여다보았던 눈빛"과 "네가 그 풀잎을 들여다보느라고/ 참았던 숨결", 또한 "저물녘 네 눈에 차올랐던 눈물"을 비롯해 "새벽에 종종걸음으로 달려가던 네 발자국 밑에

186

서/ 밟히며 아야, 아야, 즐겁게 소리 질렀던 풀잎들"까지 어느 하나 생략되거나 어둠 속으로 가라앉지 않고 활화산처럼 터져 나오는 것이다. 존재가 '존재'로서 빛나는 것은 우리가 그것의 현현을 인지하고 그것에 이름을 붙이며 주체로서 충실할 때 가능해진다. 다시 말해 '그것'을 사랑할 때다. 김정란 시인은 줄곧 세계와 마주하고 세계 속에서 그것을 노래하면서 결코 이 '사랑'을 잊은 적이 없다. 그의 시는 마침표조차 사랑에서 비롯된다. 시인이란 모름지기 창조하는 자로서의 고귀한 이름임을 우리는 항상 기억해야 한다.

*

해가 산 중턱에 걸렸을 때다. 어디선가 랭보의 노새가 투벅투벅 다가왔다. 아직도 미친 듯 활개하는 존재들의 강렬한 운동은 멈출 줄 모른다. 그는 자신이 가진 "거지의 담요"를 펼쳐 노새 등을 덮었다. 그는 자신을 덮쳤던 혹은 자신이 열었던 '존재'들을 다시 둘러본다. 그는 운다. 몹시도 고통스러워서, 또한 희망의 씨앗이 돋아서 운다. '고통'과 '희망', '연대' 말고는 도저히 설명할 수 없는 이 "까끌까끌한 눈물/ 가시 돋친 눈물/ 가시에 역사의 단백질이 잔뜩 들어 있는 눈물/ 타자들의 눈물// 울수록 배부른 눈물"을 시인은 노새에 실어 저 먼 개마고원까지, "수백만 방울의 가시 돋친 타자들의 눈물이/ 미지를 향해 콸콸 흘러"가기 시작한 촛불의 기원, "광화문"(「내 새끼 랭보」)에까지 보내는 것이다. 이제

시인이 집중하고 창조한 '개마고원'의 의미는 더욱 분명해
진다. '고마부인'이 스러져 융기한 그 자세 그대로, 개마고
원은 바로 광화문의 다른 이름이다. 우리가 가녀린 손에 촛
불을 하나씩 품고 한마음으로 저항과 위로, 혁명의 노래를
부르는 그 모든 장소다.